# 수필은

## 이렇게 쓴다

# 수필은 이렇게 쓴다

**발행일**  2023년 7월 28일

**지은이**  박시환
**펴낸이**  박시환
**펴낸곳**  글마을
**출판등록**  2015. 4. 14. (제 2021-000003호)
**주소**  경북 청도군 운문면 운북로 958
**이메일**  glmaul21@gmail.com
**전화번호**  070-4025-1950              팩스   054-371-1950

**편집/디자인**  (주)북랩
**제작처**  (주)북랩 www.book.co.kr

ISBN    979-11-955670-0-3 03810 (종이책)        979-11-955670-1-0 05810 (전자책)

어떤 글은 해학으로
어떤 글은 묵직한 주제의식으로
재미와 교양, 감동을 전하는
박시환의 수필세계!

박시환 지음

해학과 철학이 공존하는 원로 문인 박시환의 대표 수필선 35

**글마을**

프롤로그

이 책은 전통적인 수필(골계문학)과 에세이(과학적이고 사상적이며 논리적인 철학자들의 칼럼 형식과 유사한 점이 있다)가 혼합된 창작 글이다. 따라서 일반인들은 물론 수필을 쓰고자 하는 분들이 참고하여 읽을 만한 글이라고 생각된다.

글을 읽는 동안 잔잔한 웃음이 입가에 묻어난다면 수필로 생각하시고, 그렇지 못하다면 에세이로 여기면 될 줄로 믿는다.

애초에 수필집과 에세이집을 한 권씩 따로 엮을까 하다가 다음 작업인 장편소설이 기다리고 있어서 나중에 때를 보아 별도로 수필집과 에세이집을 한 권씩 묶게 될지도 모르겠다.

나의 문장을 좋아하시는 분들에게 좋은 독서 시간이 되었으면 하고, 앞으로 수필이나 에세이 등을 쓰시고자 하는 분들에게도 유익한 안내서가 되었으면 한다.

2023년 7월
사룡산 산자락에서
박시환

# 첫경험

젊은 시절에는 한동안 운동을 안 했다고 해서 당장 큰 탈이 나지는 않는다. 그러나 노인이 되고 나면 조금만 건강을 소홀히 하면 하루가 모르게 달라진다. 생전 겪어보지 않던 일들이 빈번하게 나타나 사람을 당황하게 한다. 바람 부는 어느 날 쓰고 있던 모자가 도로 한가운데로 획 날아갔다. 마침 차가 많이 다니지 않는 시간이라 얼른 뛰어가서 잡아야 했다. 그런데 이 무슨 조화인가? 뜀박질이 전혀 되지 않는 거였다. 마음은 황급히 달려가는데 도저히 발걸음이 떼어지지 않는 거였다. 방전이 다 된 배터리를 잡고 제아무리 키를 돌려 봤자 남은 배터리마저 작살날 뿐이다. 자동차의 배터리는 교체하면 될 일이지만 노인에게는 교환할 배터리가 애초에 없는 것이 문제다.

한동안 충격에 빠졌다. 그러나 이대로 주저앉을 수는 없다고 생각되었다. 무슨 수를 써서라도 한 번 더 달려보고 싶었다. 고민 끝에 스쿼트(squat)를 하나 샀다. 스쿼트를 한 후 놀라운 변화가 나타났다. 가끔씩 문제를 일으키던 허리 통증이 감쪽같이 사라진 것이다. 보디빌딩 선수 시절에 다른 사람한테는 하체 운동을 최우선적으로 해야 한다고 강조하면서도 정작 자신은 별로 하지 않았다. 노력에 비해서 근육 발달에 성과가 나타나지 않았기 때문이다. 하체 운동은 원래 성과가 눈에 금방 안 나타난다. 앞가슴처럼 빵빵하게 금세 성과물이 나타나야 하고 싶지, 해도 하는 둥 마는 둥 한 하체 운동은 정말 하기 싫다. 그래도 선수 생활을 해야 하므로 대충은 해온 터다. 그런데 나이 들고 보니 노골적으로 건강에 티가 난다. 스쿼트를 구입하여 매일같이 운동을 하니 역시 무릎에 힘이 붙어서 힘들이지 않고 계단을 뛰어서 오르내릴 수 있었다. 달리기도 그전처럼 빨리 달릴 수는 없어도 어쨌든 뜀박질이 가능한 상태로 회복되었다.

아마도 늙고 나이 들어서 그렇겠거니 하고 포기했더라면 그대로 주저앉을 수밖에 없었을 것이다. 돈 아까운 줄 모르고 수십만 원을 들여 얼른 스쿼트를 구입해 나름대로 재활 운동을 하였기 때문에 놓쳐버린 건강을 간신히 회복할 수 있었다. 말하자면 수십만 원이 아니라 수천만 원의 축복을 누린 셈이다. 계단을 오르내릴 때 동년배들로 보이는 노인들은 힘겹게 계단을 오르내리는 것이 눈에 띄었다. 나는 보란 듯이 일부러 젊은이들처럼 성큼성큼 두 계단씩 오르고 아래로 미끄러지듯 내려와 보았다. 그렇게 만족스러운 생활을 한 달 정도 하였다. 스쿼트를 산 후로는 아침 산책을 중단하였다. 산책은 긴 시간을 필요로 하지만 스쿼트는 단시간 안에 하체 운동이 가능하므로 시간 대비 아주 경제적이고 효과적인 운동이라고 생각하고 있던 터였다.

그렇게 한 달 정도가 지난 어느 날 신선한 아침 바람을 쐬고 싶어 산책을 나갔다. 계단을 내려서는데 군대 시절에 삔 적이 있는 발목에서 시큰거리는 느낌이 들더니 뒤이어 발걸음을 제대로 떼놓을 수가 없었다. 20대 때 군대 시절에 삔 것이고, 그 후론 이렇다 할 말썽을 부린 적도 없었다. 점점 통증이 심해지더니 나중엔 걸음을 절뚝거리게 되었다. 젊은 시절 보디빌더를 한 경력을 살려 매일 아침 스쿼트 운동과는 별도로 걷기 운동으로 재활 회복을 꾀했다. 스쿼트 운동에서 쓰이는 근육과 걷는 걸음에서 쓰이는 근육이 다르다는 점을 간과한 것이다. 매일 아침 걷기 운동을 하는 동시에 스쿼트 운동을 같이 해주었다. 꾸준히 일주일을 하고 나자 거짓말처럼 발목 통증이 사라졌다. 많은 노인들이 갑자기 뜀박질이 안 되면 늙어서 그런가 보다 한다든지 발목이 아프면 목발 짚을 생각만 하고 나이 들고 늙어서 그런가 보다 하고 체념하기 쉽다. 그러나 인체는 기계와 다르지 않아서 잠깐만 세워두면 녹이 스는 것이다. 젊은 시절엔 쉽게 녹슬지 않다가 70대가 되면 단 하루도 움직이지 않으면 녹슨다는 것이 기계와는 사뭇 다르다.

기계는 젊은이들처럼 며칠을 세워놓는다고 금세 녹이 슬지는 않는다. 60대까지는 그래도 잘 몰랐다. 그러나 70대가 되고 보니 단 하루라도 재활 운동을 한다는 기분으로 살지 않으면 하루아침에 건강을 잃게 되는 것이다. 젊을 때는 좀 편안하게 지내고 싶은 게 몸이다. 그러나 노인이 되면 곧 편안하게 영원히 누울 판이니, 부지런히 움직여 줘야 한다. 그것이 곧 70대요, 매일매일 겪는 생활이 첫 경험이다. 첫 경험을 지혜롭게 잘 넘기지 못하면 지팡이를 짚고 절뚝거리고 다녀야 한다.

국가의 정책을 세우는 사람들도 아직 안 늙어봐서 그런지 모르겠다. 정책을 입안하는 사람들은 다른 OECD 국가를 모델로 정책을 입안 하는 모양인데, 그것은 현실에 잘 안 맞는 것 같다. 60대까지만 해도 새롭게 겪어야 할 첫경험이 별로 없었다. 전철의 경로석도 60대 때는 있으나 마나 한 것으로 우습게 보았다. 60대 때는 청년처럼 무서운 게 별로 없었다. 전철을 탔어도 앉을 생각 같은 건 한 번도 해본 적 없었다. 그런데 70이 되니 확실히 자꾸 어디 앉을 데가 없나 하고 살피게 된다. 잠시도 서 있기가 불편한 게 70대다. 경로 우대석은 70대 부터 해도 괜찮다는 생각이다. OECD 국가 그거 따라가려 하지 말고 국가 예산도 충분치 않은데 복지 혜택도 70대부터 하는 게 맞는 것 같다. 국민소득 5만 불쯤 되면 그때 가서 해도 나쁘지 않을 것 같다. 그 대신 60대에 혜택 못 받은 거 70대엔 확실하게 더 보장받으면 되는

것이다. 70이 못 되어 죽으면 억울하지만 어차피 70도 못 되고 죽는
게 더 억울한 마당인데 나머지는 생각할 필요도 없는 거다. 만약 자연
이 내게 허용한 대로 그대로 살았더라면, 지금쯤 앉은뱅이가 되었거
나 절름발이가 되었을 것이 확실하다는 생각이다. 매일매일 디테일하
게 건강 체크를 하면서 재활 치료를 한다는 생각으로 건강 캐어를 해
온 덕분에 지금껏 잘 버텨내는 것 같다. 만약 90세나 100세까지 장수
하고 싶으면 인체가 기계처럼 녹슬지 않게 깨어 있는 동안 매일매일
캐어를 해주지 않으면 저절로 90세, 100세는 없을 것 같다는 생각이
다. 원래 그런 것은 없는 것이다.

그렇거나 말거나 동안이라는 것도 항상 문제다. 전철을 타도 자리를
양보하는 젊은이가 없다. 경로석이 비어 있어서 자리에 가서 앉으면,
사람들이 힐끔힐끔 부담스럽게 쳐다본다. 착각인지는 몰라도 60대도
채 안 돼 보이는 젊은이 같다 싶어서일 거다. 그러나 동안이 죄지, 나
보고 어떡하라는 소린가? 주민등록증을 까 보일까? 무슨 권리로 누
가 감히 그것을 요구한단 말인가? 지하철엔 승무원도 잘 안 보인다.

전국대회에서 챔피언 할 때쯤 일이다. 얼마나 애써서 만든 몸인가? 무
심코 아내 앞에서 내뱉은 말, 죽으면 이렇게 만든 몸 아까워서 어떻게
하지? 그 말이 흉이 될 줄은 정말 몰랐다. 비염이 걸려 골골거리는 아
내 앞에서 할 말이 아니었는지 모른다. 그러나 말은 듣고 해석하기 나

름이다. 긍정, 부정이 있는 법이다. 긍정적으로 들어주면 남도 아닌 남편인데 인간적으로 귀여운 측면이 있을 수 있다. 그러나 부정적으로 들으면 "그래, 니 잘났다. 남은 아파 죽겠는데 너는 맨날 대중 앞에서 팬티만 입고 몸 자랑질이냐?" 이렇게도 되는 것이다. 아마도 아내에게 나는 후자였던 모양이다.

하체가 무너지면 상체고 뭐고 다 무너지고 만다. 빌딩에 비유하면, 아래층이 부실하여 주저앉으면 위층을 제아무리 잘 지은들 무슨 소용인가? 선수 시절처럼 남에게 보여주기 위해서가 아니라 자신의 건강을 위해 성과가 안 나타나도 캐어를 해야 한다. 하체는 단 며칠만 소홀히 하면 금방 신호가 오는 게 70대다. 가슴은 근육이 망가져 봤자 힘쓰는 것에만 지장 있을 뿐 삶의 질과는 아무런 상관이 없다. 힘쓰는 일까지 감당해야 할 70대는 아닌 것 같다. 하체는 70대 삶의 질과 바로 연결된다. 건강하게 모두 100세를 살길 바란다.

# 무명의 꽃

아침 산책길이다. 며칠 전까지 노랑 맵시를 자랑하던 길가의 꽃이 요 며칠 사이에 흉물스럽게 변했다. 꽃잎이 떨어지자 가운데 까만 씨앗들이 뱀의 눈처럼 반짝거린다. 민들레 홀씨는 바람에 날리도록 털실 같은 하얀 날개를 달아 번식을 하지만 유럽 어딘가에서 건너왔다는, 알 수 없는 무명의 꽃은 민들레 홀씨와 같은 날개가 없다. 날개가 없으니 앉은 자리에 그대로 씨앗을 떨굴 수밖에 없다. 지금이 6월이므로 앞으로 4~5개월은 초록빛을 머금어야 할 판인데 씨앗은 벌써 까맣게 영글었다. 6월인데 꽃씨는 이미 가을이다. 꽃대는 멀쩡한데 꽃대 모가지만 까맣게 말라 죽어 있다. 모태로부터 씨앗이 분리하려면 꽃대가 먼저 썩어야 하는 게 무명 꽃의 번식 방법인가 보다. 번식 방법이 참 희한하고 신기하다.

사람은 아기를 낳으면 탯줄을 끊어서 모태와 분리된다. 민들레 홀씨는 거품 같은 터럭을 씨앗에 달아 바람에 멀리 날려보내어 번식을 한다. 열매는 천적인 새들에게 먹히고, 배설물을 통해 멀리까지 자연 종족 번식을 시킨다. 외국에서 들여온 무명의 이 꽃은 앉은 자리에서 종족 번식을 하는 모양이다. 그래서 그런지 이 꽃은 멀리 외따로 떨어져 피어 있지 않고 소복이 모듬으로 피어 있다. 꽃대 목이 먼저 썩어 씨앗이 바로 어미 꽃 턱밑에 떨어지기 때문이다. 씨앗을 떨어뜨린 꽃대는 더 이상 볼일이 없다는 듯이 겨울이 올 때까지 그대로 초록으로 남아 있다가 겨울이 오면 일생을 마른 풀줄기로 생을 마감한다.

대부분의 짐승들은 탯줄을 먹음으로써 새끼를 모체로부터 분리시킨다. 사람은 어떤가? 가위로 탯줄을 자른다. 가위를 발명하기 전 정글의 생활은 어땠을까? 비록 탯줄이라고는 하지만 그것도 몸의 일부인만큼 자르거나 제거하는 용기가 필요했을 것 같다. 심약한 사람은 겁이 나서 탯줄을 어떻게 해야 할지 자르지도 못하고 겁을 집어먹을지도 모른다. 그렇게 되면 탯줄은 어떻게 될까? 무명의 꽃처럼 영양이 중단되므로 탯줄이 저절로 말라서 잘라질까? 자연은 인간에게 어떤 설계도를 갖고 있는지 무척 궁금하다.

무명 꽃의 마른 목 줄기를 잘라, 길거리에 떨어져 있는 빈 과자봉지에 씨앗을 한 주먹이나 되게 담아 왔다. 집 울타리 밑에 흙을 파고 묻을 필요도 없이 골고루 그대로 뿌려 둔다. 자연 그대로의 번식을 꾀하는 것이다. 6월에 뿌린 씨앗이 그대로 장마철의 비를 다 맞고 견디다가 한 해 겨울이 지나고 나면 봄에 갓난이의 꼬무락거리는 손가락처럼 싹을 틔울 것이다. 그것이 피 흘리며 생을 산 어미 꽃의 희망일 것이다. 우리들 어머니처럼 말이다.

# 순종과 재사

밤새 잠을 설쳤다. 자려다가 또 불현듯 벌떡 일어나 곤히 단잠에 빠져 있는 TV만 켰다가 껐다. 7살짜리 사내아이의 산만함에 비할 바가 아니다. 그리곤 다시 돌아와 자리에 풀썩 드러눕는다. 벽에 머리를 그만 쾅 하고 찧는다. 물에 빠져도 정신 차리라고 벽이 내 머리를 한 대 쥐어박는 느낌이다.

인간의 존엄이란 목숨이 붙어 있을 때 일이다. 영혼이 빠져나가버린 몸뚱이는 막대기만도 못하다. 막대기는 불쏘시개로라도 쓰고, 숲속에 들어갈 때 독사라도 쫓을 수 있지만, 영혼이 빠져나간 몸뚱이는 수고스럽게 땅에 파묻는 일 말고는 아무 짝에도 쓸모가 없다.

검사 결과 기분은 지옥으로 떨어진 것 같다. "당뇨가 있는 줄 몰랐어요?" 의사가 묻는 말에 충격을 받아 아무 대꾸도 못 한다. 사형선고를 받은 죄수의 기분이 꼭 이럴 것 같다. 인생이 이렇게 허무하게 끝나는 건가? "처음 듣는 말이에요?" 의사는 고개를 갸우뚱하며 다시 한번 묻는다. "그럼, 검사를 한 번 더 해봅시다." 피를 뽑기 위해 간호사가 내 팔에 주사기를 꽂는다. 아, 아프다.

이튿날 죄지은 마음으로 다시 내과 의원을 찾는다. 재검사 결과를 보기 위해서다. 환자들이 많이 대기하고 있다. 요즘은 시골의 개인 의원 의사들이 더 바쁘다. 대도시의 의원들은 환자들이 모두 대학병원으로 몰려가는 바람에 경영이 어려워 문을 닫는 곳이 많다. 그러나 시골은 딴판이다. 옛날처럼 환자를 기다리는 의사는 없다. 요즘은 어딜 가도 환자가 번호표를 뽑고 의사를 기다린다. 언제부터 이런 역전 현상이 생겼는지 알 수가 없다.

박정희 대통령이 집권하기 전에는, 사람들이 병원을 찾는다는 것은 그저 사치에 불과했다. 병에 걸리면 천명이 다한 줄 알고, 그대로 기다리다 죽는 것이다. 워낙 돈이 없으므로 병원은 엄두도 못 내고, 약국조차 가기 어려웠다. 마을에서 부자로 소문난 한두 집만이 약국에 가는 게 고작이었다. 지금 생각해보면 그때 약 파는 사람들이 무슨 약을 주었는지 무척 궁금하다. 당시에는 약사가 약을 파는 경우보다 약사가 아닌 장사꾼이 약을 파는 경우가 많았다. 그러므로 곧 죽을 환자에게 해열제나 항생제, 아스피린 그런 것 아니면 엉뚱한 약을 주었을지도 모르겠다.

한 사람의 위대한 지도자가 5천만 국민들의 배를 불릴 수도 있고, 멍청하고 답답한 대통령이 5천만 국민을 완전히 아사에 이르게 할 수도 있다. 박정희 대통령은 의사가 환자를 눈 빠지게 기다리던 세상을, 돈 가진 환자가 의사를 기다리도록 만든 것이다. 그때는 정말 굶어 죽었다는 사람이 참 많았다. 옆 동네의 누구네 식구는 그 집의 아이를 잡아먹었다는 소문도 종종 들리던 때였다. 진위는 차치하고 그만큼 사람들이 굶는 게 보통이었다는 말이다. 가족들 중에 한창 일할 젊은 나이에 병이 들어도 병원에 데리고 갈 수가 없었다. 병원에만 가면 살 수 있는 대수롭지 않은 병도 키워서 사람을 죽게 만들었다. 족보를 들여다보면 당시의 사람들은 대개 40~50대에 수명을 다한 것을 볼 수 있다. 환갑을 넘긴 사람이 흔치 않다는 것을 족보를 통해 알 수 있다.

이제는 환자는 돈이 있고, 의사가 일손이 모자라는 세상이 온 것이다. 요즘 젊은이들은 믿을 수 없다고 한다. 119로 전화만 걸면 병원에 갈 수 있는데 돈이 없어서 병원을 못 간다는 게 말이나 되느냐고 한다. 그때는 화장실에 가면 볏짚으로 똥을 닦던 시절이다. 그런 사람들이 무슨 능력으로 병원을 가는가 말이다. 실상은 119 차도 없을 때였다. 호랑이가 담배를 피웠는지, 안 피웠는지 나는 그것까지는 안 봐서 모른다. 지푸라기로 똥 닦는 것도 두 눈으로 볼 수 없었다. 동네 사람들이 지푸라기를 들고 화장실로 가는 것은 두 눈으로 확실하게 보았다. 그보다 더 중요한 것은 내가 직접 지푸라기로 똥을 닦았다는 사실이다. 남들이 다 안 닦는데 어린애가 뭐 좋다고 지푸라기로 엉덩이를 닦았다는 말인가?

이승만 대통령은 자유 대한민국을 만든 건국 대통령으로서 마땅히 존경을 받아야 한다. 만약 이승만 대통령이 아니었으면, 이씨 조선왕조에서 북한의 김씨 왕조나 아니면 다른 왕조 국가로 직행했을 것은 너무나 뻔하다. 이승만 대통령은 미개한 왕조 체제를 막고 현대 국가를 만든 주역이다.

요즘 북한 주민들이 자유를 찾아 탈북 러시를 이루고 있는 것만 봐도 이승만 대통령의 건국이 얼마나 위대하게 역사에 남을 업적인지 분명해진다. 반면 자유 대한민국을 벗어나 북쪽으로 가는 것은 개미 새끼 한 마리조차 없다. 개미 새끼도 안 가는데 명색이 사람인데 갈 턱이 없다.

그러나 어부들이 아침 잘 먹고 고기 잡으러 간다고 배 타고 나갔다가 북한에 납치되어 수십 년 동안 붙잡혀 이용당한 사람도 있다. 북한에서 아내와 새로운 자식을 두고 살았으면서도 김씨 왕조가 싫다고 중국을 통해 탈북에 성공한 사람도 있다. 이미 자유의 맛을 본 사람들이다. 그런 사람들을 붙잡아다 가족을 만들어주었다고 절대로 무사하지는 않았다. 죽음을 무릅쓰고 탈북한 사람들이 온몸으로 웅변해주고 있다. 더 이상 무슨 말이 필요하겠는가. 그런데도 요즘 사람들은 그것의 심각함을 잘 모른다. 그냥 왔으면 왔는가 보다. 돈이나 몇 푼 주고 아파트나 줘버려. 그리고 끝이다. 도대체 생각이 없다.

이승만 박사는 희망의 자유 대한민국을 건국하였다. 거기까지는 성공하였지만, 여전히 가난은 해결하지 못했다. 이승만 대통령은 건국의 위대한 업적은 남겼을망정 가난을 해결할 능력이나 철학은 모자랐다. 지금도 다르지 않지만, 그 당시의 정치인들은 사악한 데다 모질고 험한 정쟁으로 자고 나면 사람의 시체가 시궁창에 거꾸로 처박혀 있기도 했다. 세계 최대 빈국인 대한민국이라는 나라가 지구의 어디쯤에 붙었는지 세계인들은 알지도 못했고, 이름만 거창한 대한민국이라는 나라가 있다는 것조차 관심이 있을 턱이 없다. 대통령이 다른 나라를 방문하려고 해도 거절당하는 일이 다반사였다.

건국만 했지 무엇 하나 되는 것도 없고, 안 되는 것도 없는 제멋대로의 나라였다. 그럼에도 불구하고 이승만 대통령이 존경받아 마땅한 것은 자유 대한민국이라는 나라를 건국하였기 때문이다. 자유의 바탕이 만들어지지 않았다면, 오늘날 대한민국이라는 나라는 있을 수 없고, 북한의 김씨 왕조에 흡수되었거나 새로운 왕조 국가가 태어났을 공산이 크다.

이승만 정부는 권력을 지키기 위해 해가 갈수록 더욱 견고한 철옹성만 쌓아갔을 뿐이다. 권력을 지키기 위해서라면 부정선거라도 해야 했다. 슬픈 역사의 한 단면이다. 그때 박정희 장군이 나타났다. 권력을 지키기 위한 울타리가 아무리 철옹성 같아도 인간의 용기와 노력 앞에 무너지지 않을 것은 없다는 것을 온몸으로 보여주며 혁명을 성공시켰다. 박정희 장군이 그때 혜성처럼 나타나지 않았다면, 우리는 아직도 여전히 지푸라기로 똥을 닦으며 침팬지처럼 뭐가 좋은지도 모르고 헤헤거리며 살고 있을 가능성이 짙다. 국민들은 그때 두더지나 별로 다르지 않은 삶을 살았다. 초등학교 문턱에도 가보지 못한 사람이 수두룩했고, 많은 국민들이 세계에서 가장 우수하고 쉽다는 한글마저 읽고 쓸 줄 모르는 높은 문맹률을 가지고 있었다. 낫 놓고 기역 자를 모른다는 말이 그때 생겨났다. 박정희 장군은 그런 형편없는 나라의 고달픈 대통령이 되었던 것이다. 대통령이 되자 국민들이 글을 읽고 쓸 수 있게 문맹 퇴치 운동을 벌여 까막눈인 국민들의 눈을 뜨게 해주었다. 그와 동시에 교육을 혁신하고, 기능공과 기술자를 양성했으며, 기업을 장려했다.

일거리가 없어 골목을 어슬렁거리는 개 같은 꼴을 한 미개한 국민들에게 새마을운동을 벌여 모두가 희망찬 마음으로 일을 하게 했다. 풀뿌리까지 모두 캐어 먹거나 땔감으로 태워버린 민둥산을 바라보며 사방사업을 펼쳤다. 박정희 대통령은 아무도 보지 못하는, 오늘날의 울창한 숲을 그때의 민둥산에서 바라보았던 것이다. 국민들의 삶이 두더지의 삶이었으니 나라에 돈이 있을 턱이 없다. 박정희 대통령은 과거의 식민지 시대를 안겨다준 일본이지만 현명하게 차관을 들여와 먹을 것을 해결토록 국민들에게 일거리를 만들어주었다. "가난은 나라임금도 못 말린다"라는 말은 박정희 대통령에게는 통하지 않았다.

쫄쫄 굶던 국민들에게 일거리를 만들어주고 노동의 대가로 밀가루와 쌀을 한 포대씩 나누어주었다. 박정희 대통령은 국민들에게 물고기를 그냥 주지 않고 자립 정신을 길러주기 위해 물고기 잡는 법을 가르쳐준 것이다 전 국민이 박정희 대통령에게 열광했고, 오로지 박정희 대통령만 바라보고 산업현장에서 열심히 희망의 구슬땀을 흘렸던 것이다.

반면에 박정희 대통령이 하는 일을 사사건건 반대하는, 젊은 두 정치인이 있었다. 비교적 젊은 40대의 두 김씨였다. 그때나 지금이나 대중들은 젊은 지도자에 대한 환상을 갖고 있었다. 철없는 대학생들은 두 김씨의 프로파간다(propaganda)의 꼭두각시놀음으로 공부는 뒷전인 채 연일 어깨동무를 하고 떼를 지어 서울 시내 길거리를 휘젓고 다녔다. 초등학교를 나온 둥 못 한 둥 했던 우리의 누이들은 잠도 제대로 못 자고 졸면서 구로공단에서 가발을 만들고 미싱을 돌렸다. 누이들이 받은 월급은 시골의 집으로 모두 부쳐졌다. 시골의 오빠나 동생들은 그 돈으로 서울로 올라와 대학 등록금을 내었지만, 공부는 뒷전인 채 날마다 스크럼을 짜고 돌멩이를 들고 설쳤다.

누이들은 그래도 포기하지 않고 검정 고무신을 신고 삼베나 무명천으로 된 보따리 하나씩을 옆구리에 끼고 밤새 완행열차에 몸을 싣고 계속 구로공단으로 몰려들었다. 누이들은 졸아가면서 가발을 만들었고 봉제공장의 미싱을 돌렸다. 기업들은 누이들이 만든 물건을 외국에 내다 팔았다. 점점 수출이 늘어나고 국가의 세수도 늘어났다. 세수가 늘어나자 박정희 대통령은 국민들에게 보다 나은 일자리와 국가 발전을 위해 중공업 중심으로 기업을 탈바꿈시켰다.

삽밖에 몰랐던 국민들에게 태산도 금방 파 옮기는 굴착기를 만들어 보였고, 그것을 수출하였으며, 빌딩 높이의 배를 만들었고, 쇳물을 부어 철강을 생산해냈다. 기업들을 독려해 자동차를 만들게 하는 한편 경부고속도로를 닦았다. 두 김씨는 멀쩡한 농지를 훼손하지 말고 고속도로를 닦지 말라며, 건설 현장에 아예 드러누운 채 데모를 벌였다. 철없는 대학생들은 그들이 가는 곳마다 따라다니며 열광했다. 야당 정치인의 꼭두각시 노릇을 하는 대학생들은 장난처럼 킬킬거리며 깡

패나 다름없는 짓도 마다하지 않았던 것이다.

성경의 기록을 빌리면 우리의 누이들은 순종이었고, 야당 정치인들과 대학생들은 재사에 해당하였다. 재사에 해당하는 대학생들은 자신들도 아직 완전히 잘 모르는 온갖 어려운 말들을 쏟아냈다. 마르크스니 레닌을 떠벌이면서 정작 그것을 연구하고 공부해야 할 학생 신분이면서 학교 밖에서 이미 다 안다는 것처럼 어설픈 지식인 행세를 했다. 재사들은 연일 때려부수고 다녔고, 순종의 누이들은 온순한 양처럼 구로공단에서 개미처럼 일했다. 빵을 만드는 것은 누이들이고, 누이들이 만든 빵을 먹은 재사들은 누이들의 밥그릇을 발로 차고 때려부수는 일을 하고 돌아다녔던 것이다. 박정희 대통령 입장에서 보면 재사에 해당하는 대학생들이나 두 정치인을 능지처참해서라도 죽여버리고 싶었을 것이다. 이승만 정부 때 같았으면 충분히 그랬을 것이다. 그러나 박정희 장군은 자식을 타이르듯 인내하면서 철없는 젊은 대학생들에게 호소했다.

"나중에 알 것이다", "내 무덤에 침을 뱉어라"라는 명연설이 그것이다. 그러나 박정희 장군이 딱 한 가지 몰랐던 점이 있다면, 60년 후 오늘 정치인들의 중심에 그때의 대학생들과 그 후예들이 서 있을 것이라는 점이다. 그들이 앞장서서 박정희 대통령의 위대한 업적을 역사에서 끊임없이 지워내고 있는 것이다.

성경 기록은 방편으로 순종과 재사를 구분했을 것으로 본다. 그러나 사회과학적 측면에서 보면 순종과 재사는 따로 나누어질 수 없는 하나의 메카니즘(mechanism)인 것이 분명하다. 역사의 현장이란 진보와 퇴보의 부침을 계속 반복하는 것이다. 달이 차고 기울고를 반복하는 것과 같이 말이다. 사회과학에서 선역은 누이들이며, 악역은 재사다. 어느 것 하나 결핍되어서는 안 되는 것이다. 마치 자동차에 액셀러레이터(accelerator)와 브레이크(brake)가 공존하는 것처럼 말이다.

오늘날 종교로 발전한 기독교의 지저스(Jesus)도 당시에는 분명히 재사였다. 그러나 모든 재사가 지저스같이 순수하지 않다는 점이 인간 세상의 재사들이 갖고 있는 큰 문제다. 지저스가 하나님의 아들이 되는 이유다. 많은 재사들은 사악하며, 사악한 재사들은 누이들이 만든 빵을 씹으면서도 누이들의 밥그릇을 걷어차버린다. 이러한 이중적이고 비정상적인 아이러니(irony)가 사회과학에는 분명히 있다.

사회과학의 본질적 어려움은 끊임없이 펼쳐지는 카오스(chaos)라는 것이다. 꿀벌처럼 부지런히 일하는 일꾼도 있어야 하고, 꿀벌이 정권의 노예가 되지 않도록 인권을 지켜주고자 하는 재사도 있어야 한다. 달나라에 인공위성을 쏘아올리는 자연과학이 어렵지만, 더 어려운 게 사회과학일 수 있는 것도 그 때문이다.

박정희 대통령은 사회과학적 안목으로 크게 세상을 내다보는 철학이 분명히 있었다. 역사는 진보와 퇴보의 부침을 반복한다는 사실을 익히 알았지만, 그렇다고 지긋지긋한 과거로 다시 되돌아가는 것은 정말로 싫었던 것이다. 3선 개헌은 그렇게 이루어졌다. 역사는 처음부터 옳고 그른 것이 따로 나누어져 있지 않다. 옳은 것으로 보느냐, 틀린 것으로 보느냐 하는 관점 차이만 있는 것이다. 긍정, 부정에 따라 결과가 달라지는 게 역사다.

박정희 대통령은 사라졌다. 그러나 우리가 지금까지 파먹고 사는 것은 분명 박정희 대통령의 영혼이다. 박정희 대통령의 선혈과 맨살이 묻어나는 영혼인 것이다. 포스코제철, 현대중공업, 대우중공업, 두산중공업, 현대자동차, 한화 등 어느 것 하나 박정희 장군의 숨결과 혼이 배어 있지 않은 것이 없다.

많은 사람들이 박정희 대통령의 뒤를 이었지만, 그들은 다 박정희 대통령의 영혼과 몸을 뜯어먹고 산 것이다. 그랬으면서도 박정희 대통령을 폄하하고 역사에서 지워내려고 발버둥을 쳐왔던 것이다. 그걸 아는 사람들은 곧 죽을 노인들 빼고는 없다는 게 대한민국이 안고 있는 큰 문제다. 노인들은 그 시대를 살아봤기 때문이다. 젊은이들은 호랑이 담배 피우던 동화의 나라 얘기로 듣기 때문이다. 사촌이 땅 사는 꼴을 못 봐주는 한국인들의 얕은 집단 지성이 박정희 대통령의 역사를 지우고 있기 때문이다.

제아무리 팥쥐를 띄워봐야 팥쥐의 이미지만 증오로 더 증폭시킬 뿐
이다. 팥쥐를 제아무리 돋보이게 해주고 싶어도 국민들의 뇌리에는
아닌 것이다. 그럴수록 팥쥐를 때려죽이고 싶은 것이다. 팥쥐를 띄우
고 싶어 안달하는 좌편향 정치인들이 더 미운 것이다. 나라의 비전을
위해 나라의 정통성을 분명히 세워야 한다. 건국 이승만 대통령, 부
국 박정희 대통령이 아니고는 절대로 정통성을 세울 수 없다. 국민들
이 낸 세금으로 예산을 막 퍼다 팥쥐의 기념관 천만 개를 세우고 붉
은 무리들이 설쳐도 그것이 다 가짜고 프로파간다라는 것을 우리 국
민들은 이미 다 알고 있는 것이다. 좌편향 정치인들은 분명히 그 점을
알아야 한다.

북한의 김씨 왕조보다 못살던 대한민국을 더 잘살도록 역전시킨 대통
령, 지푸라기로 똥을 닦던 대한민국 국민을 폭신한 두루마리 휴지를
풀어 쾌적한 뒤처리를 하게 만든 대통령, 제2의 6·25를 막기 위해 대
통령 집무실 책상 밑에 항상 전투화를 놓아뒀던 대통령의 기념관 하
나 짓지 못하도록 예산을 편성해주지 않는 지금의 정치꾼들은 분명
그 옛날 그때 길거리를 휩쓸었던 대학생들과 그들의 후예인 좌편향
정치인이 분명하다. 재사도 못 되는 재사만 판을 치고, 순종이 없는
사회다. 모순된 재사라 하더라도 양쪽이 균형을 이루어야 사회과학이

건강하게 발전하는 것이다.

역사를 마구 덧칠하여 엉터리 기념관을 만든 정치꾼들은 지금이라
도 각성하라. 유명한 대학 안에 버젓이 김아무개 기념관이라니! 북한
으로 하여금 핵 개발을 할 수 있도록 북한을 도운 대통령, 그런 대통
령의 기념관이 진리의 전당인 대학의 캠퍼스 안에 세워진다는 게 이
해가 안 되는 것이다. 백번을 양보하여 그것까지도 좋다 치자. 그러면
우리 국민을 가난에서 건져낸 부국 대통령 박정희 기념관은 왜 대학
의 캠퍼스도 아니고 대한민국 국토 안에 세우지도 못하게 하는가?

세계인들이 공부하고 연구하는 위대한 부국 박정희 대통령의 기념관
하나 마음 놓고 짓지 못하면서 어찌 국민 통합을 말하고, 상생을 말
하며, 진정한 대화를 말하는가? 그 시대를 살아본 사람들은 안다. 진
실이 무엇인지를. 제발 지금의 정치인들, 특히 좌편향 정치인들은 속
임수의 정치를 즉시 중단하라. 제아무리 팥쥐를 포장해봐야 팥쥐는
팥쥐다. 그럴수록 팥쥐는 더 밉다. 대한민국의 정통성은 이승만, 박정
희 두 대통령으로부터 나와야 하며, 또 나올 수밖에 없다.

부처님한테 가서 백 날 천 날을 빌고, 예수님 앞에 가서 천 날 만 날
을 빌어보라. 쌀 한 톨이 생기나? 되레 불전이나 헌금을 갖다 바쳐야
하지 않는가? 그럼에도 불구하고 우리가 신에게 비손하는 것은 인간

의 마음속에 불완전한 신이 들어 있기 때문이다. 귀신의 신 자도 귀신 신 자를 쓰고 정신의 신 자도 귀신 신 자를 쓴다. "정신을 차려"라고 하는 말은 귀신을 제대로 세우라는 말이다. 미국인이 한 말 가운데 "한국인들은 정신을 차려야 한다"라는 말이 있다. 지금의 정치인들 가운데는 어찌된 판인지 모두가 불교의 신자들이고, 기독교 신자들이며, 천주교 신자들이다. 신자가 아닌 자들이 없다. 실로 배꼽을 잡고 웃을 일이다. 사기를 쳐서라도 표를 구걸하고 싶은 것이다. 정치인들이여! 부디 자라나는 학생들에게 세계사에 기록될 위대하고 걸출한 영웅, 박정희 대통령을 표상으로 삼게 하라.

세계 최고 부자의 나라이며 인권 국가인 미국에 가보라. 대한민국만 한 모습을 어디서 찾아볼 수 있는가? 가정집을 방문해봐도, 호텔에 들어가봐도, 대한민국만 한 곳은 단 한 곳도 없다. 빌딩 높이만 다르다. 가는 곳마다 LED의 환한 불빛, 그리고 세면대, 비누, 화장지가 잘 갖추어진 이곳이 과연 공중화장실이 맞나 싶은 곳이 대한민국이다.

어쩔 수 없이 지린내가 조금 배어나야 하는 게 화장실이지만 미국의 공중화장실은 그것을 크게 벗어나지 않는다. 여닫을 때마다 삐삐 소리를 내는 창문이 미국의 가정집이고 호텔이다. 그러나 한국은 공중화장실도 신혼부부 방을 닮았고, 신혼부부 방은 그대로 신혼부부 방이다. 공중화장실 창문도 뱀처럼 스르륵 미끄러지면서 부드럽게 열리는 것이 한국이다.

관공서 어딜 가도 나긋하고 깍듯한 공무원들의 친절. 그러나 미국은 어떤가? 권총을 찬 보안관이 여차하면 쏠 듯한 눈초리다. 한국이 미국에 뒤지는 것은 높은 빌딩과 국방력과 대학과 정치판뿐이다. 대학은 학문의 전당이 되어야지 정치 투쟁의 장으로 가서는 안 된다. 장차 재사도 순종도 다 대학생 중에서 나와야 한다. 그래야 건강한 사회로 가는 것이다. 학생이 모두 재사가 되어 미쳐 날뛰면, 언제까지 누이들만 고달프게 수고를 감당하고 온전히 버텨낼 수 있겠는가 말이다. 재사는 박사들로 된 대학 교수들만으로 충분하다. 덜 익은 땡감이 홍시 노릇하면 안 된다. 학생들은 재사가 아니다. 사회과학을 배우고 자연과학을 열심히 배우고 익혀야 하는 것이다.

지푸라기로 똥 닦던 추억을 갖고 있는 나는 지금 이 글을 쓰는 순간 흐르는 눈물을 주체할 수가 없다. 요새 젊은이들, 특히 철없는 젊은 정치꾼들의 말본새를 보면 기가 차는 정도가 아니다. 꼰대, 틀딱! 오늘날 자신들을 있게 한 것이 부모들이고, 부모들이란 자신들의 정체성인데, 그것을 부정하는 사이비 재사들이 판치는 세상이다. 젊은이가 순수할 때 사랑스럽게 보이는 법이다. 사악하고 독사 같은 눈을 가진 젊은이는 늙은이들보다 정말 더 징그럽고 싫다.

요즘 젊은이들은 순수한 면을 다시 되찾아야 한다. 학문을 연구하고 정의를 연구해야 한다. 어른들이 왜 그 길을 걸어갔을까? 왜 하필이면 그렇게 걸어갔을까 연구하고 공부해야지 직접 현실에 뛰어들어 대추를 놓고 감을 놓아서는 안 된다. 대학생에서 더 성장하지 못하고 그대로 멈추어버린, 젊다고 하는 정치인들을 보라. 나이 먹은 사람에 비해 훨씬 더 추잡하고 뻔뻔스럽지 않은가. 철면피가 바로 젊은이다 싶을 정도다. 대중들은 왜 젊은 정치인에 대한 환상을 갖는지 알 수 없다. 나이는 단지 숫자에 불과할 뿐인데 말이다. 두 김씨만 봐도 당시엔 젊은 정치인들이었다. 젊은 정치인들이기 때문에 대중들이 열광했다. 그런데 그들의 정치적 행위는 어땠는가? 그리고 지금의 젊은 정치인들도 대중들의 열광으로 보수 여당의 당대표도 했고, 진보 야당의 유력한 정치인인 아무개 젊은 정치인이 대정부 질의 시간에 코인을 하느라 정신 나간 짓을 했다. 젊은이가 나이 먹은 사람에 비해 더 잘하는 게 상대적으로 더 나쁜 짓 말고는 없다 싶다. 나이 먹은 사람은 잘못이 들통나면 책임지고 자리에서 물러나는 모습이라도 보인다. 지금까지 젊은이들의 작태를 보면 순순히 물러나지도 않고 끝까지 버티면서 독사처럼 머리를 처드는 것을 볼 수 있다. 참으로 한심하다. 젊어서 잘하는 짓은 그저 술 마시고 깽판 짓 하는 것 빼고는 별로 없는 듯싶다. 사악하기로 치면 젊은이를 못 당하는 것이 늙은이들이다. 이미 늙은 축에 끼는 나도 그만 혀를 내두를 지경이다. 무역 규모만 세계 10위권이면 뭐하나? 집단 지성이 10위권이라도 돼야지 말이다.

재사도 자기 꾀에 자기가 속는 법이고, 결국 자기가 쳐놓은 그물에 갇히는 게 인간이다. 검사 출신 국회의원이 50억을 해먹고, 특별검사도 마음 놓고 해먹다가 들통나며, 대법관도 시정잡배나 별 차이가 없이 한쪽 편을 들어 판결하는 게 인간이다. 남의 몸에 붙은 검불은 보면서 자신의 몸에 묻은 똥을 못 보는 것이 인간이라는 말이 성경에도 기록되어 있다. 그래서 자승자박이라는 말도 생겨난 것이다. 인간은 제아무리 훌륭한 교육을 많이 받는다고 해도 인간이 가진 한계를 못 벗어난다. 아니, 그 훌륭한 지식이 되레 흉기가 되는 것을 우리는 종종 보아왔으며, 특히 좌편향 정치인들은 지금도 여과 없이 잘 보여주고 있다.

지식을 너무 많이 가진다는 게 오히려 자기 함정이 된다. 인간이 가진 욕심이나 욕망을 100% 지식으로 활용하기 때문이다. 지식이 그래서 무서운 것이다. 그러므로 인간은 본질적으로 성악설인 것이다. 종교가 인간에게 필요한 이유다. 종교 생활을 통해 자신의 부끄러운 욕망을 되돌아보는 기회가 되는 것이 곧 성찰이다. 대통령은 굳이 학사나 석사, 박사가 할 필요가 없다. 고졸자도 얼마든지 가능하다. 학력이 중요한 것이 아니고 정의와 도덕성이 중요한 것이다. 정의와 도덕성이 결여된 고학력자는 오히려 그들의 지식이 비도덕적인 데 쓰여질 공산이 크기 때문이다. 고졸자도 세상 경험을 잘 쌓게 되면 지식이 부족하다고 생각되지 않는다. 대한민국 사회 풍조에서 당장 필요한 건 도덕성이다. 정치인들에게 무엇보다 그런 게 필요하다. 특히 좌편향 정치인들에게서 그런 점을 더 크게 느낀다.

인간 세상에 와서 죄지은 것 하나 없다고 말하는 사람을 가끔 본다. 기독교인들은 무조건 내가 죄인임을 자복한다. 인간이 만든 형무소에 가지 않은 것만으로 죄인이 아니라고 말하는 것은 결국 겸양을 모르는 무지에서 온다. 남의 몸에 붙은 검불은 보면서 자기 몸에 붙은 오물을 못 보는 게 인간성의 본질이다. 귀신이 정신을 차리고 똑바로 서 있어도 늘 불안한 게 인간이다. 이유는 악마라는 욕망이 늘 곁에 붙어 있기 때문이다. 그렇기 때문에 종교가 필요한 것이다.

미래 사회의 종교는 반드시 과학적으로 의문이 없어야 한다. 과학이 종교가 될 수는 없지만, 그러나 종교가 비과학적이면 결국 샤머니즘 (shamanism)으로 굴러떨어지는 것이다. 지금의 샤머니즘도 그 당시의 사람들에게는 최고의 가치를 가진 종교였던 것이다. 과거에는 비과학적인 종교가 가능했다. 과거의 관성으로 현재까지 유효한 것도 인정한다. 그러나 미래는 아니다. 이미 과학과 철학으로 무장한 신흥 종교들이 징기스칸의 말발굽 소리처럼 마구 달려오는 소리가 지금 내 귀에는 들린다. 그것이 도저하게 흐르는 종교의 역사다.

박정희 대통령은 영웅이면서, 영웅을 초월한, 본질을 아는 신에 버금

가는 인간이다. 신이 인간을 창조했다는 말을 나는 그냥 상징적으로 받아들인다. 반대로 인간이 신을 만들었다고 하면 하나도 의문점이 없다. 짐승에게 신이 없다는 게 그것의 증명이다. 인간 사회가 조금이라도 덜 오염되기 위해서, 그리고 타락하지 않기 위해서는 종교의 울타리 안에 기댈 수밖에 없다. 박정희 대통령을 신으로 간주해서 나쁠 것은 아무것도 없다. 박정희 대통령은 이미 죽어서 껌껌한 무덤 속에 들어가 있기 때문이다. 그를 위할 것은 아무것도 없다. 그럼에도 불구하고 우리가 박정희 대통령의 기념관도 세우고 추모하고자 하는 것은 살아 있는 우리 자신을 위해서다. 특히 앞으로 살아갈 우리의 자손들을 위해 정의가 무엇이고 진실이 무엇인지를 올바로 일깨워줘야 하는 것이다. 사기나 친 모리배가 대통령 권좌에 한 번 올랐다고 해서 승리하는 역사를 만들어줘서는 절대 안 된다는 말이다. "북한은 핵 개발을 할 능력도 없고, 핵 개발을 하지도 않는다." 어떻게 북한을 그리 잘 안다는 말인가? "만약 북한이 핵 개발을 하면 내가 책임진다." 그렇다. 반드시 책임을 물어야 한다. 그래야 역사가 바로 선다.

이 세상에 변하지 않는 것은 정말로 아무것도 없다. 변한다는 것만 안 변하는 것이다. 인류 문명에 크게 이바지한 기독교 국가인 미국이 영원히 변치 않고 우리의 혈맹으로 남아 있기를 진심으로 바란다. 하지만 역사란 그런 것이 아니다. 차면 기우는 법이다. 달만 그런 게 아니다. 문명은 진보와 퇴보를 계속 부침해오는 게 인간의 역사다. 기독교도 종교개혁의 역사를 가지고 있다. 그 어떤 종교도 영원할 수는 없고 그 어떤 국가도 영원한 번영을 누리지 못한다. 100년을 버텨내든 1,000년을 버텨내든, 그다음은 멸망의 길을 걷게 된다. 역사 앞에는 시간의 한계만 있을 뿐이다.

한 시간 정도가 지나자 내 이름을 부르는 소리가 스피커에서 울렸다. 귀여운 여자 목소리다. 여자의 목소리는 마치 산소 같고, 시 같고, 음악 소리 같다. 저런 예쁜 목소리를 가진 여성에게 볏짚으로 뒤처리를 하라고 하면 아마도 아침이슬처럼 사라져버릴지도 모른다. 박정희 대통령을 바라보고 정신을 차리자.

"재검사 결과 아직은 약을 먹을 정도는 아닙니다." 밤잠도 못 자게 해놓고서는 이제 와서 뭐라고? 그러나 기분은 하늘을 날 것 같다. 뛸 듯한 기분이다. 의사를 원망하는 대신 몇 번이나 감사하다고 꾸벅꾸벅 절을 하고서야 진료실에서 물러났다. 그게 의사한테 감사할 일인지, 밤잠을 설치게 한 것에 대한 원망을 할 일인지 분별할 틈도 없다. 그저 감사하고, 감사할 뿐이다.

의사는 수술로만 사람을 죽이고 살리는 게 아닌 모양이다. 오늘날 정치인들처럼 경박한 혀끝으로 사람을 죽였다가 살렸다가 하는 기술도 갖고 있는, 조금은 이상하고 묘한 구석이 있는 의사였다.

# 농부 예술가와 혓바닥의 미학

과일나무를 어떤 모양으로 키울지는 가위를 들고 전지하는 농민의 마음에 달렸다. 농민의 마음속에 내재된 영혼과 감정에 따라 나무의 모양도, 열매의 맛도 달라진다. 화가가 붓을 움직이는 대로 그림의 모양이 달라지는 것처럼 농사일도 마찬가지다.

대부분의 사람들은 일이 잘 풀리지 않으면 "시골에 가서 농사나 지을까?"라고 말을 한다. 그거야 본인들 마음이지만, 내가 보기엔 그건 영아니다 싶다. 그런 사람들에게 내가 귀띔해주고 싶은 말은, 농사는 개나 소나 다 할 수 있는 게 아니라는 것이다.

농사를 짓는 것보다 더 쉬운 일이 유통업이다. 유통이란 산지에서 싸게 받아다가 시장에서 제값 받고 파는 일이다. 그것만큼 단순한 사업도 없다. 그것도 못 하면서 감히 농사를 짓겠다고 나오니 기가 찰 노릇이다. 시골로 온다는 것에 대해서는 일단 환영할 만한 일이다. 시골로 와 뭐 해서 먹고살 것이냐는 문제만 해결하면 된다. 농산물 직거래 사업을 강력히 추천한다. 초기 자본으론 고작해야 홈페이지 제작비 2백만 원 정도만 투자하면 된다.

도시민들은 값싸고 싱싱한 농산물을 원한다. 싱싱한 것까지는 산지에서 바로 보내므로 저절로 해결되는 셈이다. 문제는 여하히 값싸게 공급하느냐의 문제다. 택배비를 해결하지 않고는 값싸게 공급할 재간이 없다. 문제가 있는 곳엔 언제나 답이 준비돼 있다. 쇳덩이가 물에 가라앉는다는 건 상식적으로 다 알지만, 쇳덩이가 물에 뜨고 공중을 날 수 있다는 생각을 가지고 계속 연구한 결과 쇳덩이로 만든 배가 물에 뜨고 또 쇳덩이인 비행기가 공중을 나는 것이다. 택배비를 상쇄시키는 일은 공동구매만이 답이다. 공동구매를 통하지 않고는 택배비를 해결할 방법이 없다. 도시 사람들은 이웃이 있고, 친목계를 가지고 있다든지 교회를 다닐 수도 있다. 이러한 그룹 형식의 공동구매를 통해 택배비 부담을 상쇄시키는 것이다.

농산품이 생산지에서 1천 원에 불과한데 그게 시장에 나가면 5천 원이나 1만 원이 되는 게 지금의 현실이다. 생산자도, 소비자도, 정부도 항상 골치가 아픈 게 그 문제다. 이런 골치 아픈 문제를 일거에 해소시키는 게 생산자와 소비자 간의 직거래 방법인 공동구매 사업이다.

농사는 텃밭 가꾸기가 아니다. 만능 탤런트가 되지 않으면 농사는 어렵다. 화가는 붓 하나로 캔버스 위에다 물감을 칠하느라 깔짝대지만, 농부는 붓에다 숫제 엔진을 달고 덜덜거리며 온몸으로 전위예술을 하는 거다.

도시에선 한 가지 기술만 가지면 잘 먹고 잘살 수 있다. 그러나 농업 예술은 그게 불가능하다. 종류도 한두 가지가 아니다. 그런 기계들이 말썽을 부리는 날엔 농부는 곧바로 정비사가 되어야 한다. 일일이 정비업체에다 맡기면 1년 농사지어 봐야 헛것이다. 돈도 돈이지만, 적어도 농사를 지으려면 열두 가지 기술쯤은 가져야 된다는 그 말을 하고 싶은 것이다.

실상이 이런데도 "시골에 가서 농사나 지을까?"라니! 농사란 크리에이트(create) 중에서도 상 크리에이트다. 요는 농부란 무에서 유를 창조하는 가장 위대한 예술가란 말을 하고 싶은 것이다.

화가는 고작 캔버스나 펼쳐놓고 붓을 깔짝거리는 게 꼭 어린아이의 소꿉장난 같아 보이지만, 농부는 조잡스럽게 그런 짓은 못하는 게 아니고 안 한다. 대자연을 캔버스 삼아 황토로 칠을 하며 혼신을 다 쏟는 거다. 화가가 붓으로 깔짝거려 그린 그림을 창작이라고는 하지만, 농부에 비하면 실은 이미테이션(imitation)에 불과하다. 농부의 작품은 완전 오리지널(original)인 셈이다.

예술이 뭔 씨알머리인 줄도 잘 모르면서 인간들은 화가가 그린 이미테이션 한 폭에 수십억 원의 값을 치른다. 그러면서도 농부한테는 6만 원도 비싸다고 쌀 포대를 찢어 죽일 듯이 노려본다. 사과 한 상자에 3, 4만 원이 말이 되냐는 것이다.

화가의 그림은 없어도 사람들이 당장 살아가는 데 큰 문제는 안 생긴다. 하지만 농부의 예술 가치가 사라지면 단 하루를 제대로 못 버틴다. 인간들은 배꼽이 등짝에 붙으면 체면이고 나발이고 없을 거다. 돈 가지고도 안 되는 게 그것이다. 사람들은 그것 하나를 제대로들 모른다. 농부가 없으면 지구의 종말이 오기 전에 인간의 종말이 먼저 온다.

태양 다음으로 위대한 예술가가 바로 농부다. 나 같은 글쟁이는 농부 예술가 앞에서는 감히 명함도 못 꺼낸다. 그저 없는 꼬리도 있는 척 꽁무니에 감춰야 할 판이다. 그림이나 언어 예술은 농부에 비하면 겉멋만 든 것에 불과하다. 농부들의 예술품은 예술적 가치만 있는 게 아니다. 실컷 감상하고 마지막으로 혓바다에 슬쩍 한번 갖다대봐. 바로 오르가즘을 느끼게 돼 있다.

얼마나 열정적이면 평생 허리가 꼬부라지고, 얼굴에 주름이 가는 줄도 모를까? 나 같은 글쟁이는 부끄럽지만 할 짓 다 해봤다. 얼굴에 점도 빼보고, 보톡스도 집어넣어보고, 눈썹 문신도 해보려고 껍죽댔다.

조금 전에도 나는 농부 예술가들의 작품으로 허기를 좀 달랬다. 금방 오르가즘이 오더군! 환상적이었다. 조금 전까지의 지옥이 금세 천국으로 확 변하고 말았어.

달랑 그림 한 장에 몇십억? 돈이 썩어 나자빠져도 그렇지, 목구멍 오르가즘만큼 중요한 게 어딨다구? 혓바닥 미학이 최고인 거다. 어리석은 인간들은 태양을 위대한 예술가로 인식을 못 해, 마찬가지로 위대한 농부 예술을 못 알아본다는 거다. 안 그런가들?

## 2%가 늘 부족해

7년 동안 단 한 번도 복숭아를 따서 팔아본 적이 없다. 복숭아가 익어간다 싶으면 새들이 날아와 딱 한 입씩만 쪼아 송곳처럼 구멍을 내놓는다. 새들이 쪼아놓은 복숭아는 유독 당도가 높고 맛 좋은 것들이다. 새들은 당도가 높은 과일을 용케도 알아보고 그것만 골라서 콕콕 쪼아 송곳 구멍을 내놓는다. 여기저기 나뭇가지를 포롱포롱 옮겨 다니며 그 짓을 해놓는 통에 새는 여간 얄미운 게 아니다. 인간 같으면 머리통을 한방 쥐어박고 싶다. 조막만도 못한 새가 날개를 가졌으니 쥐어박는 게 통할 리 없다. 기왕에 심어져 있는 나무이므로 그물을 씌울까 하다가, 그것도 일이 만만찮아 미루던 중 어느덧 7년이란 세월이 흘렀다. 7년 동안 헛농사를 지은 셈이다.

복숭아는 다른 과일과는 달리 금세 물러 터지는 특성이 있다. 새들이 한 번씩 쪼고 지나간 복숭아를 그냥 버리기엔 너무 아깝다. 멀쩡한 과일을 딱 한 입씩만 쪼아놓았기 때문이다. 생각다 못해 껍질을 벗겨내고 새가 쫀 자리를 칼로 도려낸 다음 씨를 발라내고 설탕을 약간 가미하여 뜨겁게 팔팔 끓여준다. 그렇게 한 다음 차게 식혀서 김치 냉장고 속에 넣어보니 여름 지나고, 겨울 지나고 다음 해 봄까지 두고두고 맛있게 먹을 수 있었다. 놀라운 발견이었다. 복숭아 통조림이 생각났다. 통조림이 그렇게 만들어지는 것인가 보다 생각되었다. 전인미답의 길은 없다. 세상을 먼저 살고 간 사람들이 이미 다 겪어보고 한 번씩 해본 것들이었다. 무덤 속에 들어가 누운 사람들이 멍청해서 나한테 그것을 발견하라고 내버려두고 간 것이 아니다. 복숭아는 반드시 저온 창고에서만 보관하는 게 아니라는 사실도 우연히 알게 된 셈이다. 지금 무덤 속에 드러누운 사람들은 그 당시 대부분 등잔불을 사용했기 때문에 저온 창고를 알 턱이 없었다.

그렇지만 농장의 그 많은 복숭아를 모두 다 그렇게 하기에는 한계가 있다. 생산량이 너무 많기 때문이다. 생산량이 많아 고민하는 마음을 덜어주고자 이번엔 또 멧돼지들의 습격이다. 멧돼지는 무자비하다. 멧돼지가 한 번 훑고 지나간 과수원은 전쟁터를 방불케 한다. 마치 폭탄이 떨어진 듯 그야말로 초토화다. 어미 멧돼지의 육중한 몸이 복숭아나무 가지에 두 발을 턱 걸쳐 놓으면 웬만한 나뭇가지는 견디지 못

하고 찌지직 하고 비명을 지르며 찢어진다. 한 무리의 새끼들을 거느리고 나타난 어미 멧돼지는 키가 덜 자란 새끼들을 위해 체중을 나뭇가지에 싣는 것이다. 그 순간 나뭇가지가 아래로 축 쳐진다. 그 틈을 노렸다가 새끼들은 우리 엄마 최고란 듯이 달려들어 복숭아를 아구아구 먹어치우는 것이다. 새끼를 위한 어미 멧돼지 행위를 이해 못 하는 바는 아니지만, 복숭아를 자식 놈처럼 키운 농심은 억장이 무너지는 일이다.

근처에 사는 포수가 나타났다. 포수의 손에는 톱니바퀴처럼 우악스럽고, 사자의 이빨처럼 무지막지하게 생긴 덫이 들려져 있다. 멧돼지가 나타났다고 전화를 걸면 포수는 언제나 나타나준다. 그러나 멧돼지는 포수가 나타날 때까지 기다리지 않는다. 배를 채우고 유유히 사라지고 난 다음, 그리고도 한참이 지나고 나서야 포수가 나타나는 일이 다반사다. 매번 헛걸음만 해온 포수다. 연락을 받은 포수는 맨 먼저 파출소로 달려가야 한다. 총은 늘 파출소에 영치되어 있기 때문이다. 정부에서는 총기의 안전사고를 예방하기 위해 파출소에 총기를 보관토록 하고 있다. 파출소에 신고를 하고 총기를 찾아갈 수 있도록 관리를 하고 있는 것이다. 그러다 보니 포수는 번번이 멧돼지의 출몰을 놓치고 말았다. 정부도 파출소도 그러한 실정을 모르는 바는 아니지만, 다른 대안이 없으므로 어쩔 수 없이 그 짓을 반복하고 있는 것이다.

포수가 이번엔 안 되겠다 싶었던지 멧돼지가 나타나는 길목을 찾아 덫을 놓을 계획인 모양이다. 멧돼지의 길목을 발견한 포수가 덫을 설치한 다음 나뭇잎으로 은폐를 한다. 덫을 놓고 하룻밤이 지났다. 지난밤엔 드디어 멧돼지 한 마리가 덫에 걸린 모양이다. 숲속에서 범상치 않은 살기가 느껴진다. 가까이 다가가기엔 왠지 무섭고 소름이 끼치는 것 같다. 황급히 포수에게 전화를 건다. 지난밤에 눈먼 멧돼지 한 마리가 덫에 걸린 것 같으니 빨리 와달라고. 연락을 받은 포수가 사냥개 세 마리를 데리고 댓바람에 나타났다. 오른쪽 어깨엔 긴 사냥총을 메고 왔다.

멧돼지는 보통 혼자 다니지만 번식기 때는 때로 몰려다니는 경우가 많다. 때로 몰려다니다가도 위험과 맞닥뜨리면 그때는 각자도생이다. 덫에 걸린 놈이 엄마라도 내버려두고 그대로 달아난다. 멧돼지는 쇠붙이 소리를 들으면 뒤도 안 돌아보고 달아난다. 총알이 날아오기 전에 먼저 금속의 마찰음이 나기 때문이다. 덫 또한 쇠붙이 소리를 낸다. 덜커덕 하고 소리를 내면 무슨 일이 벌어진 건지 살피는 일이 없다. 에미가 걸렸건 형제가 걸렸건 그대로 내버려둔 채 무조건 튀어 달아난다. 걸린 어미 멧돼지가 죽는다고 고함을 질러도 아랑곳하지 않는다. 사람의 눈으로 보면 멧돼지는 비정하면서도 현명하다는 생각이 절로 든다. 사사로운 정에 매달리다 보면 때로 죽임을 당할 게 틀림없으니 종족 보존을 위해서라도 뛰어 달아나야 하는 게 맞다. 기왕에 덫에 걸린 에미는 어차피 죽게 생겼으니 그냥 내버려두고 산 놈만 살자고 무조건 뛰고 보는 것이다. 그런 경우, 사람이라면 과연 멧돼지처럼 현명할 수 있을까?

덫에 걸린 멧돼지를 발견한 사냥개들은 컹컹 짖으면서 물려고 달려든다. 걸린 멧돼지가 이리저리 나대며 발광을 한다. 멧돼지의 다리는 겉가죽이 거의 벗겨져서 허연 뼈가 거의 다 드러나 보인다. 얼룩덜룩 마른 핏자국이 허연 뼈에 달라붙어 있다. 밤새 피를 흘리다가 어느새 말라버린 모양이다. 개를 쫓기 위해 멧돼지의 벌겋게 충혈된 눈이 희번덕거리며 마지막 저항을 한다. 다리의 겉가죽이 다 벗겨진 줄도 모르고 미쳐서 날뛴다.

그때 포수가 탕 하고 방아쇠를 당긴다. 멧돼지는 잠시 움찔하다가 그 정도로는 어림없다는 듯이 여전히 미쳐서 날뛴다. 포수는 연거푸 탕, 탕 두 발을 더 쏘아붙인다. 그제서야 멧돼지는 픽 쓰러지며 조용해진다. 미친 듯이 물려고 달려들던 개들도 덩달아 조용해지며, 주인인 포수에게로 다가와 꼬리를 살래살래 흔들며 아첨을 떤다.

포수는 멧돼지의 시신을 밧줄에 묶어 끌며 차가 서 있는 신작로로 간다. 군청으로 싣고 가면 멧돼지 사체를 수납한 뒤 한 마리당 30만 원의 돈을 포수의 통장으로 입금시켜준다. 큰 멧돼지는 200~300킬로그

램이 나가는 놈도 있다. 깊은 산속에서 200~300킬로나 무게가 나가는 멧돼지를 잡아 차가 있는 신작로까지 끌고 나오는 일이란 중노동이다. 포수가 가장 힘들어하는 것도 그 일이다. 포수도 이제는 늙어서 힘이 부치는 모양이다. 젊은 시절엔 산에서 호랑이를 만나면 등에 올라탔다고 하는데 그 말을 곧이곧대로 믿어줄 사람은 아무도 없다. 하지만 포수는 신나서 혼자 곧잘 떠들어대고는 했다. 호랑이가 멸종되어 사라진 지가 언젠데 호랑이 등에 올라탔다는 말을 믿으라는 말인가? 포수의 뻥은 꽤 순진하고 귀엽기까지 하다.

도시에 사는 사람들이 알음알음으로 포수의 전화번호를 알고 간혹 주문을 해오는 경우가 있다. 멧돼지 한 마리 잡아 준비해놓으라고 연락이 오면 포수는 군청에서 30만 원을 받는 대신 150만 원을 쳐서 받는다. 멧돼지 사체를 일일이 칼질을 해야 하니까 그것까지 계산에 넣는다는 것이다. 멧돼지 스테이크를 한번 먹어본 사람은 쇠고기 스테이크가 비교가 안 된다는 것을 안다. 포수는 1년 동안에 약 200마리의 멧돼지를 잡는다고 한다. 한 마리당 30만 원씩만 계산해도 연 6,000만 원의 수입이 된다. 농사짓는 사람의 수입과는 비교도 안 된다. 그러나 과수원 주인은 그냥 구경만 한 것으로 만족해야 한다. 먹이를 제공하고 멧돼지를 유인한 것은 결국 농장 주인인데 말이다. 어차피 세상은 불공평한 것이니까, 그런 세상에서 살아가려면 제대로 빨리 적응하는 게 장땡인 거다.

과수원 주인은 하루 이틀도 아니고 장장 7년 동안을 수확 한 번 못
해본 농사를 계속해왔다. 그런 자신을 되돌아보게 된 것은 결국 사물
을 객관화시켜 바라볼 수 있는 필리핀에서다. 부지런히 땀 흘려 일하
는 필리핀 농부들의 모습을 바라보면서였다. 귀국하면 복숭아나무부
터 베어내야지. 그리고 그 자리에 새나 멧돼지가 거들떠도 안 볼 것
같은 대추나무나 심어봐야겠다 하고 마음을 굳혔던 것이다.

귀국은 공교롭게도 꽃이 피고 지는 5월이었다. 나무를 베어내고 심을
타이밍이 아니었다. 나무는 보통 가을이나 이른 봄에 심어야 한다. 가
을에 심는 게 봄에 심는 것보다 착생율이 훨씬 높다. 그러므로 한 해
를 더 기다렸다가 나무를 심어야 했다. 어쩔 수 없이 근처에 사는 새
와 멧돼지의 배를 한 해 더 불려주어야 하는가 싶었다. 결국 포수의
수입을 더 늘려주는 일 말고는 나에게 득 될 것은 아무것도 없었다.

복숭아나무를 베어내고 대추나무를 심겠다는 계획을 포수에게 말했
다. 굳이 알려줘야 할 필요가 있는 건 아니지만, 그냥 이런저런 주고
받는 말끝에 한 말이었다. 포수는 시큰둥한 반응이다.
"나이를 생각해야지. 인자 나무를 심어가 언제 결실을 볼라고 그카능
교. 무덤 속에 들어가가 대추 딸라 그카능교, 으이?"
60을 넘겼으니 포수의 나이도 만만찮다. 지나 나나 늙었기로 치면 마
찬가지다. 포수보다 내가 먼저 무덤 속에 들어간다는 법도 없다. 세상

에 올 때는 순서대로 왔지만 세상 떠날 때는 순서가 없다는 것을 포수는 잘 모르는 모양이다. 말에는 밑천 한 푼 안 들어가는 법인데 기왕이면 말을 꼭 그런 식으로 본때 없이 하는 게 포수다.

포수만 그런 게 아니다. 시골에 내려온 지 벌써 10년이 다 돼간다. 그런데 친구가 없다. 사람이 그립고 친구가 그리워서 좀 가까이 할라치면 번번이 말하는 본새가 다 그 모양이다. 말이 예술이라는 걸 사람들은 잘 모르는 것 같다. 말을 잘하면 듣는 사람에게 감동을 주고 에너지가 넘치게 하며, 그리고 용기와 희망을 준다. 말을 쓰레기처럼 막 내뱉으면 사람을 실망케 하고 짜증나게 한다. 사람의 기분을 잡치고 안 잡치는 게 말이다. 같은 말이라도 100세 시대라고 말하면 입술 어디가 덧나기라도 한다는 말인가? 설사 대추나무 열매가 매달리는 3년을 못 버티고 무덤 속에 들어갈지 모른다 치자. '내일 지구가 망해도 한 그루의 사과나무를 심어(spinoza baruch)' 나쁠 것도 없다.

자연과 함께 하는 산속 생활은 매일이 즐겁다. 그러나 사람들은 만만치 않다. 대화는 물과 기름같이 늘 겉돈다. 아무 형식 없이 마음을 탁 풀어놓고 대화가 어우러질 만한 사람을 찾기가 어렵다. 그래서 늘 2%가 부족하다. 그런데도 사람들은 진짜 겸손을 모른다. 자신들이 아는 게 진짜 진리인 줄로 안다. 지 팔 지가 맘대로 흔드는 꼴이다.

# 수필 읽는 사회

문학 장르 중 수필은 어느 장르에도 속하지 않는다. 아니, 수필은 어느 문학 장르에도 끼워주지 않는다고 해야 더 정확할 것 같다. 그렇다면 수필은 문학이 못 되고 주워 온 자식이라도 된다는 말인가? 그렇지 않다는데 문제가 있다. 오히려 수필은 현대인에게 가장 잘 어울리는 문학이다. 생업에 쫓기는 현대인들에게는 독서할 시간이 잘 허용되지 않는다. 수필은 짧아서 출퇴근 전철 안에서도, 휴게실 같은 곳에서 잠깐 대기하는 시간에도 얼마든지 독서가 가능하다. 수필은 시처럼 복잡하지도 않고 소설처럼 길지도 않아 현대인들에게 갈수록 더 효용성이 높은 문학 장르에 속한다.

시에는 복잡한 장치가 있다. 메타포(metaphor)라는 복병이 숨겨져 있으므로 꼼꼼하게 따져서 읽지 않으면, 다 읽고 나서도 무슨 뜻인지 이해가 잘 안 되는 면이 많다. 시의 독서는 준창작자가 되어야 가능하다. 그러나 수필은 문학에 대한 교양이 있어도 없어도 독서가 가능하다. 바쁜 현대인들에게 시간은 금이다. 금을 독서로 날리기 싫은 게 현대인들이다. 장편소설은 책 한 권을 다 읽어야 한다. 단편소설이라고 해도 수필에 비하면 엄청나게 길다. 길뿐만 아니라 복잡한 장치들도 많다. 그 복잡한 장치들을 다 읽어내어야만 이해가 가능하다. 복잡한 것을 무엇보다 싫어하고 기피하는 게 현대인들이다. 그러나 문학의 효용 가치는 날이 갈수록 덜해지지 않는다. 수필은 시나 소설이 못 하는 영역을 충분히 대체할 수 있는 것이다.

수필은 만년의 문학이다. 인생 경험이 풍부한 중장년층이 잘 쓸 수 있다. 어릴 적부터 할아버지나 어른들로부터 들어온, 한국인들만의 독특한 파토스(pathos)가 수필에는 분명히 있다. 한국인들의 파토스에 가장 잘 어울리는 문학 형태가 바로 수필이다. 독자들은 수필을 읽음으로써 옛 고향의 냄새를 다시 맡는 듯한 정서적 안정감을 되찾을 수 있다. 수필은 공연히 현학적인 체 어렵게 꾸미지 않는다. 봄이 오면 또르륵 또르륵 자연스럽게 흘러내리는 계곡물 소리 같은 게 수필이다. 읽는 순간 바로 입가에 미소가 번지는 것이다. 지식은 학교에서 얼마든지 배울 수 있다. 그러나 지혜는 쉽게 얻어지는 것이 아니다.

오로지 경험을 통해서만 체득되는 것이다. 만년의 문학이란 인생을 살아본 사람들의 경험이 그대로 묻어나는 것이다.

1톤의 지식이 1킬로그램의 지혜를 못 당한다. 유태인들은 그들의 바이블인 탈무드에서 하나의 도서관과 노인 한 명을 바꾸지 않는다고 한다. 노인이 되면 아무 생각도 없이 사는 퇴물쯤으로 보는 경향이 요즘 한국인들에게 있는 것은 매우 안타깝다. 그러나 노인들은 지혜의 도서관이다. 젊은이들은 교과서를 가지고 배우지만, 중장년에 들어선 사람들은 학교에서 배운 것에 더해서 직접 세상을 살아보고 경험한 사람들이다. 유태인들은 노인들의 지혜를 잘 알고 존중하는 반면, 한국인들의 정서 속에 노인을 경시하는 풍조가 있다는 점은 실로 안타까운 일이다.

노인은 젊은이들이 함부로 꼰대니 틀딱이니 하며 비웃을 그런 대상이 아니다. 감성을 바탕으로 시나 소설을 잘 쓸 수 있는 순발력과 재치는 젊은이에게도 충분히 있을 수 있다. 그렇다고 해도 젊은이가 수필을 잘 쓸 수 있는가 하면, 그렇지는 않다. 우리가 잘 아는 이어령 선생도 젊은 시절 소설을 쓰고 싶어서 문학을 공부하게 되었고, 문학을 공부하다가 보니 자신의 꿈과는 달리 평론가의 길로 들어서게 되었지마는 마지막 임종 시에는 수상록을 쓰다가 작고했다는 안타까운 소문이다. 에세이나 수상록도 다 수필의 종류다.

우리가 말하는 형식에는 작은 형식과 큰 형식이 있을 수 있다. 작은 형식은 우리의 인식으로 구분되는 것이지만, 보다 큰 형식은 우리가 인식하는 바깥세상이다. 수필이 어느 장르에도 속하지 않는다는 것은, 그것이 분명 문학임에도 보다 큰 형식이 분명히 있는 것이다. 독자들로부터 외면당하고 잘 읽혀지지 않는 것이라면, 그것이 문학의 기능을 충분히 다 한다고 볼 수 없다. 지금까지의 문학 장르는 운문(시), 산문(소설), 희곡, 평론을 합하여 4대 장르라 한다. 그러나 군이 그 틀 안에 갇혀야 할 필요는 없다. 수필은 엄연히 존재하는 문학의 한 형식이기 때문이다. 수필은 중고등학교 교과서에도 오래 전부터 실존하는, 매우 친숙한 문학의 한 장르인 것이다.

수필은 허구가 용인되지 않고, 1인칭만 허용된다는 점에서는 시의 형식이다. 그러면서도 산문적 서술 기법이다. 즉, 시적 성격을 띠면서도 수사나 문체 수법은 산문적이다. 시는 지나친 메타포로써 난해한 점이 많고 다 읽고 나서도 뜻이 애매한 경우가 많다. 소설은 장시간 읽고 시와 마찬가지로 분석까지 해야 하는 노력과 수고가 필요하다. 그러나 수필은 누구나 쉽게 읽을 수 있고 하나도 복잡하지 않게 이해가 된다는 것이 큰 장점이다. 그러므로 숨 가쁘게 돌아가는 현대인들의 생활에서 가장 어울리는 문학이 곧 수필인 것이다.

요즘처럼 젊은이들이 나이 든 사람을 비하하여 꼰대니 틀딱이니 하고 또 나이 든 쪽에서는 "니들은 나이 먹어봤니? 우리는 젊어 살아봤다"라고 볼멘소리나 하면서 나이를 가지고 서로 반목하는 때에 수필은 그 경계를 허물어뜨리는 저자와 독자 간의 건전한 만남과 소통의 가교 역할을 하기에 충분하다. 자신만이 최고이며, 자신이 속한 연령대만이 제일 선이라고 생각하는 것은 분명 문제가 있다. 누구에게나 나이는 그대로 머물러 있는 것도 아니다. 어쩔 수 없이 움직이는 것이 나이라는 것이다. 이런 현상은 외국에선 좀처럼 찾아보기 어렵다. 20대 젊은이가 80대 할아버지를 친구라고 소개하는 경우가 외국에선 그리 낯설지 않다.

미국에서는 대학 입시에서 에세이를 변별력으로 삼는 경우가 많다. 에세이도 수필이다. 수필은 쓰는 사람의 내면에 흐르는 의식을 특징으로 하는 심리적 현상이다. 나이란 물리적 현상의 척도일 뿐 영혼을 지칭하는 것은 아니다. 영혼은 인간의 존엄성 그 자체이지 나이를 더 먹고 덜 먹는 차이는 분명 아니다. 진리가 하나이고 불변인 것처럼 인간의 도리나 지혜가 시시각각 변하는 것은 결코 아니기 때문이다.

수필은 문장을 안다면 누구나 쓸 수 있다. 풍부한 인생 경험에서 우러나는 철학, 그리고 삶에 대한 웅숭깊은 통찰과 해학이 작품 전체를 통해 사골국처럼 진하게 우러나기 때문이다. 이를 통해 젊은이들이 자연스럽게 나이를 뛰어넘어 인간 세계의 깊은 사색과 통찰에 접근하는 계기가 될 수 있다. 따라서 수필은 연령 계층에서 오는 단절감을 허물어뜨리는 역할을 충분히 해낼 수 있는 것이다. 요즘처럼 갈수록 좋은 시를 알아보지도 못하고 또 읽거나 음미할 줄 아는 젊은 층이 드물고 길고 복잡하게 구성해놓은 소설을 머리 아프게 정독하는 것을 기피하는 마당에 수필은 누구나 시간이나 장소에 구애받지 않고 읽을 수 있고, 또 읽는 순간 단번에 이해가 되고, 입가에 잔잔한 미소를 머금게 되는 장점이 있다.

문학은 인문학으로 가는 근원적인 학문이다. 문학으로 기초 교양을 쌓지 않고 전문직에 종사하는 사람은, 대개는 인문학이 갖는 근본 문제를 제대로 인식하지 못하는 경우가 많다. 문학은 현대인이 사회생활이나 경제 활동을 하는 데 전혀 쓸모없을 것처럼 보이나 실은 그렇지 않다. 어느 분야건 제일 먼저 문학이 주춧돌처럼 기초가 되고 난 다음 전문가가 되어야 전문가다운 전문가가 될 수 있다. 근원을 제대로 모르는 전문가는 왜 그런 일을 하는지 본질을 이해하지 못하고 어설픈 전문가 노릇을 하는 것이다. 예를 들자면 지금의 전문가들 가운데는 자신들이 무슨 짓을 하는지도 모르고 연령으로 편을 가른다. MZ 세대, ALPHA 세대, 4050, 6070… 나이를 이런 식으로 나누는 전문가는 우리가 사는 공동체에 얼마나 큰 해악을 끼치는지 잘 모르는 비전문적인 전문가들이다. 법률가들 가운데도 법률 조문만 가지고 옳다느니 틀렸다느니 말하는 사람들이 있다. 인문학의 소양이 깊으면 본질에 대한 안목이 생기고 큰 틀에서 본질을 알면 법률 조항이라는 것도 본질에 부합하도록 해석되는 게 맞다. 선거관리위원회가 헌법 조항을 들어 감사원의 감사를 안 받겠다는 것도 다 인문학의 소양이 없고 본질을 망각한 데서 오는 것이다.

창작과 독서를 통해 문학을 제대로 이해하고, 문학을 통해서 문학이 갖는 휴머니즘을 바로 인식하는 안목이 생겨나는 것이다. 인간이 신의 노예로 전락했을 때 다다이즘으로 항거하면서 인류 문명의 꽃을 활짝 피어나게 하고 발전시켜온 것도 문학에서 기인했음을 부인할 수 없다.

# 우린 모두 꽃

4월은 온 천지가 다 꽃이다. 겨울에 움츠렸던 나무들이 앞다투어 저마다 꽃을 피우고 뽐내며 축제를 벌인다. 꽃향기에 그만 취해버릴 것만 같은 4월이다. 꽃이 피고, 꽃향기가 온누리에 가득 차면 사람의 마음도 에누리 없이 조금은 들뜬다. 움츠러들었던 몸이 자연스레 기지개가 켜진다. 그러고 보면 피는 것은 꽃만이 아닌 듯싶다. 인간의 마음도 늙으나 젊으나 매번 피고 지는 것 같다.

에너지가 끓어 넘친 소년이 가출을 하고, 얌전하던 이웃집 처녀가 바람이 났다는 소문이 도는 것도 대개는 꽃 피는 봄이다. 이맘때쯤이면 다소 늙은 축에 끼는 사람들이라고 해서 속에서 꿈틀거리는 마음마저 늙은 것은 아닌 듯싶다. 몸뚱이와는 달리 마음만은 젊은이나 하나 다름없다는 생각이다.

젊은이들 눈엔 나이 든 사람이 주책이 없어 보일 수도 있다. 하지만 젊은이들도 막상 나이 들어보면 젊으나 늙으나 마음속에 꿈틀거리는 심상이란 매한가지라는 것을 알 수 있다. 나이가 들고 보니 오히려 젊은 시절에 없던 정서가 새롭게 싹트는 것 같기도 하다. 길거리의 잡풀한 포기조차 예사롭지 않게 다가와 애처롭게 보이다 못해 눈을 아리게 한다. 젊은 시절과는 달리 사물을 보다 웅숭깊게 보는 안목도 좀 생겨나는 것 같다.

젊은 시절엔 하찮게만 보고 지나치던 길거리의 잡풀도 나이 들어서 바라보니 그냥 단순한 잡풀로 다가오지 않는다. 모든 생명체는 독립적으로 존재하고, 존재하는 모든 생명은 마지막 스러지는 순간까지 온 힘을 다해 살갗을 찢고 피 흘리며 꽃을 피운다는 사실을 알았다. 그리고 저마다 하고 싶은 많은 말들을 세상에다 대고 향기로 퍼뜨린다는 사실도 커다랗게 눈에 들어온다. 사람도 잘나고 못나고가 없는 듯싶다. 저마다 최선을 다하면서 뜨겁게 삶을 살아간다는 것도 제대로 눈에 들어온다.

우리는 모두 꽃이다. 이웃이 있어야 내가 꽃이지, 이웃이 없으면 아무 의미도 없는 존재가 인간이다. 제아무리 경관이 뛰어난 명승지라도 인간들이 함께 모여 손뼉을 치고 기쁨을 함께 나누며 와자지껄해야 명승지가 되는 것이다. 인간이 없으면 명승지도 없고, 노래방도 없고, 나이트클럽도 없으며 모든 게 그저 황량한 사막처럼 느껴질 뿐이다. 외롭게 피는 한 송이 꽃이 아니라 소복하게 모듬으로 피어나는 꽃이 인간 사회인 것이다.

그동안 살아오면서 가까이 다가오는 사람 하찮다고 거절하지는 않았는지, 미련 없다고 떠나는 사람 나 죽는다고 원망하고 증오하지는 않았는지 나이가 좀 들고 보니 그런 게 다 죄스럽게 느껴진다. 그때 왜 그랬던가 하고 마음을 되돌려 보게 되는 것이다. 젊은 시절엔 누군가를 떠나보내는 것이 그렇게 힘들고 죽을 것 같았지만, 지금에 와서 보니 다 부질없다는 생각이다. 떠나는 사람에게 웃으며 손 흔들어주지 못하고 오는 사람 반갑게 맞아주지 못한 것을 후회하는 마음이 저절로 생겨나는 것 같다. 젊은 시절에 갖지 못했던 마음의 여유가 아닌가 싶다.

못생긴 꽃이 어디 있고, 잘생긴 꽃이 어디에 있겠는가? 못난 사람, 잘난 사람이 어디 있는가 말이다. 꽃이 저마다의 독특한 향기가 있듯, 인간 역시 저마다 내뿜는 독특한 향기가 있다. 개나리, 벚꽃, 진달래, 연산홍, 민들레, 씀바귀, 유럽 쪽 고향에서 바다를 건너온 이름 모를

꽃들이 온통 한데 어우러지는 4월의 축제다.

이제 우리 대한민국도 단일민족 한민족, 그런 시대가 아니다. 동남아와 저 멀리 아프리카에서까지, 그리고 유럽과 아메리카 대륙에서까지 대한민국이 좋다고 와서 이 땅에서 마음껏 꿈을 펼치며 살아가고 있다. 그들이 있어서 더 아름다운 세상이다. 그들은 또 한국인들을 남편으로 아내로 또 다시 꽃을 피운다. 개나리, 벚꽃, 진달래, 연산홍, 민들레, 씀바귀처럼 모두가 흐드러지게 피는 4월이다.

개나리가 첨병인 양 맨 먼저 노랗게 피고, 그 뒤를 열일곱 살 계집아이의 젖꼭지같이 부끄러워하다 끝내는 참지 못하고 '에라 모르겠다' 망울을 터뜨리는 벚꽃! 벚꽃들의 한판 축제가 벌어지고 나면 이번에는 진달래꽃도 제 할 말 한다는 듯이 입을 있는 대로 찢고 나팔을 분다. 시끄러워도 하나도 시끄럽지 않은 숲속의 대향연이다.

겨우내 얼어붙었던 집 앞의 회룡지도 어느덧 물 색깔이 초록으로 시퍼렇게 물들어 찰랑거린다. 따사로운 햇살이 초록 속으로 금가루처럼 바수어져 떨어지면서 물고기의 은비늘처럼 반짝인다. 4월은 이래저래 눈이 부시다.

※ 회룡지: 경북 청도군 운문면 마일2리에 있는 못

# 사랑은 오래 참고

필리핀에서 선교 활동을 하던 시절, 선교 파트너로 만난 필리핀 전도사의 얘기다. 그녀는 신디(Cindy)라는 40대 후반의 여성이었다. 필리핀은 더운 지방이라 사람들의 피부가 대부분 검(실은 갈색)다. 흑인이라는 뜻이 아니고, 우리와 다를 바 없지만 오랫동안 햇볕에 검게 탄 정도다. 신디는 대부분의 필리핀 사람들과는 달리, 한국 사람들과 마찬가지로 허여멀건한 피부를 하고 있었다. 하지만 몸이 무척 뚱뚱하여, 걸음걸이가 펭귄처럼 뒤뚱거렸다.

필리핀 사람들은 크게 두 가지 혈통으로 나뉘는데, 하나는 중국계고 나머지 하나는 스페인계 혈통으로 순수 필리핀인들이다. 내 눈에는 스페인계의 순수 필리핀인들이 더 아름다워 보였지만, 정작 필리핀인들은 하얀 피부를 선호하기 때문에 중국계 혈통의 여성을 더 미인으로 치는 경향이 있다. 필리핀인들은 스페인계 혈통의 미인들을 "블랙 뷰티 걸"이라고 부른다. 신디는 필리핀인들이 좋아하는 하얀 피부를 가진 중국계 혈통이었으므로 사람들이 은근히 부러워하는 피부를 가진 여성이었다.

신디에게는 열 살 정도 된 사라(Sara)라는 딸이 하나 있었다. 사라는 신디의 친딸이 아니고 양딸이었다. 사라는 신디와 다르게 검은 피부를 하고 있었다. 스페인 계통의 전통적인 필리핀인이었다. 필리핀인들은 겉보기엔 매우 상냥하고 친절하다. 알고 모르고 없이, 낯선 사람이라도 서로 눈이 마주치게 되면 반갑게 먼저 눈인사를 한다. 누가 먼저 하고 그런 건 없다. 먼저 본 사람이 먼저 인사를 하는 것이다. 그러나 사라는 그렇지 않았다. 한국 사람과 비슷하게 눈이 마주쳐도 인사를 잘 하지 않았다. 신디와는 생김새부터가 완전히 달랐으며, 누가 봐도 사라는 신디의 친딸이 아니라는 게 한눈에 확 드러나 보였다.

내가 신디를 나의 선교 파트너로 삼은 것은, 그녀는 그 지역의 명문대학인 CLSU 출신이었고 근처 국립 고등학교에 가끔 나가서 학생들을 대상으로 기도 인도도 하고 특강도 해왔기에 나는 그녀가 그 지역에서 꽤나 명망과 덕을 갖춘 사람으로 보았던 것이다. 나는 현지어인 따갈로그(Tagalog)어를 하지 못했다. 필리핀은 영어를 공용어로 사용하는 국가이긴 하지만, 시골로 들어갈수록 일반인들은 영어를 거의 하지 못했다. 그러므로 나는 현지의 사역 파트너가 필요했다. 신디는 엘리트로서 영어 통역이 가능했다.

같은 필리핀인들끼리도 언어 소통이 잘 안 되는 지역이 있다. 필리핀은 크게 세 지역으로 나뉜다. 수도가 있는 루손 섬이 있고, 반군들이 장악하고 있는 민다나오가 있으며, 루손과 민다나오 중간에 바다에 떠 있는 자잘한 섬들이 있는 곳을 비사야 지역이라고 한다. 비사야 지역 가운데는 제법 큰 섬들도 아주 없지는 않다. 한국인들에게 잘 알려진 세부를 비롯해서, 파나이, 민도루, 네그로스, 보홀 같은 섬들은 제법 큰 섬들에 속한다.

한국인, 특히 신혼부부들에게 인기가 있는 보라카이 휴양지에 가려면 인천에서 세부공항 노선 비행기를 타야 한다. 세부공항에서 다시 필리핀 국내 항공편을 갈아타고 칼리보로 가서 자동차와 배를 타야 비로소 보라카이에 갈 수 있다. 칼리보공항은 파나이섬 안에 있다. 내가 왜 이렇게 보라카이에 대해 장황하게 설명을 하는가 하면, 한국 여행사들이 내놓는 상품 중에 보라카이는 거의 단골 코스일 정도로 그만큼 한국인들에겐 인기 있는 휴양지이기 때문이다.

필리핀의 일반인들은 거의 영어를 모르는 반면, 대학을 나온 엘리트 층들은 대부분 영어를 잘한다. 필리핀의 대부분 대학들은 거의가 다 캠퍼스 안에서는 학생들 간 소통도 영어로만 하도록 하고 있다. 이를 어길 경우 벌금을 물리는 등, 엄격하게 제재를 가하고 있는 것이 현실이다. 그 결과 필리핀에서 고등교육 과정을 마친 사람들은 거의가 다 영어를 아주 잘하는 편이다.

일반인들 역시 영어를 모르기는 하지만, 한국 사람들처럼 아주 답답할 정도로 깜깜이는 아니다. 따갈로그는 영어와 문법이 같고 발음도 같기 때문에 단어만 외우면 그저 누구나 영어로 쉽게 말할 수 있다. 즉 영어가 한국인들처럼 아주 낯설지는 않다는 말이다.

본론으로 돌아가, 신디는 매일 아침 마주치면 아침밥도 못 먹었다면서 어김없이 배고프다고 손을 벌려왔다. 처음에 몇 번은 몇 푼의 돈을 주었지만, 나중에 생각해보니 그래서는 안 되겠다 싶어 핑계를 대기로 했다.

당시 나의 처지는 한국 교단으로부터 후원을 받는 선교사 입장이 아니고 협력 선교사 신분이었으므로 경제적으로 타인의 식생활까지 책임져줄 형편은 못 되었다. 신디는 그나마 소속된 한국 교단에서 최소한의 생활비를 지급받는데도 번번이 아침마다 나한테까지 손을 벌렸다. 더 이상 견딜 수 없다고 생각했을 때 나는 신디와의 결별을 선언했다. 사람을 어떻게 뜯어먹을까만 궁리하는 신디의 눈초리가 나로서는 너무 부담스러웠기 때문이다.

그 후 나는 학교를 짓기 위해 부지를 매입했다. 신디가 곁에 있었더라면 불가능했을지도 모른다. 돈 가진 티를 내었다간 또 무슨 사단이 생길지 모르는 일이었다. 나는 소속된 한국 교회를 떠나 독자적으로 선교를 했다. 서둘러 교회와 거처할 집이 필요했다.

건축을 시작하고 나니 하루 한 번씩 장대 같은 소나기가 쏟아지지 않는 날이 없었다. 매일 한두 시간씩 콩 볶듯 퍼부어대는 소나기를 고스란히 다 맞아야 했다. 입술이 새파래지고 오돌오돌 떨고 있을 때, 또 언제 그랬냐는 듯이 햇볕이 쨍 하고 났다. 필리핀인들은 외국인 선교사가 어떤 어려움에 처하든 추위에 벌벌 떨고 있는 나에게 도움의 손길을 주지 않았다. 비에 젖어 생쥐 꼴이 되었다가 햇볕에 시커멓게 타기를 반복했다. 마치 대장간에서 쇠붙이를 담금질하듯 얼굴도 새까매지고 몸도 단단해졌다.

노동자 필리핀인들은 외국인 속이기를 농담처럼 했다. 치팅 타임(cheating time)이라고 해서 작업 시간을 속이고, 치팅 워크(cheating work)라는 말로 일에서 속였다. 오전 8시에 일을 시작해서 오후 5시에 일을 마쳐야 하는데도 매번 오전 여덟 시 반쯤에 나타나 오후 네시 반쯤 연장을 씻는다든지 옷을 털고 현장을 정리하는 것이다. 하루 여덟 시간 일할 것을 하루 일곱 시간만 일하고 때우는 것이다. 일은 하기 달렸고 밥은 먹기 달렸다는데, 일하는 게 그 모양이니 일의 진도가 제대로 나갈 리가 없었다.

그 결과 주인인 내가 앞장서서 일하고 나서지 않으면 안 되었다. 삽을 들어야 했고, 망치질을 해야 했고, 심지어 생전 해보지도 않던 용접기를 잡기도 했다. 험한 일은 도맡아 먼저 하고 나서지 않으면 안 되었다. 필리핀은 한국처럼 단 며칠 만에 뚝딱 집 한 채가 만들어지는 게 아니었다. 건축 자재가 그러했고 건축 방식이 그러했다. 일일이 벽돌 한 장씩을 쌓고, 벽돌 속에 철근을 일일이 얽어 넣어야 하므로 집 한 채 짓는데 몇 달씩 걸리곤 했다. 매일같이 흙먼지를 뒤집어쓰는 것이 일상이 되었다.

예배당이고 집이고 다 내팽개쳐버리고 싶어졌을 때쯤 되어서야 겨우 지붕이 씌워졌다. 지붕이 씌워지자 그다음부터 소나기는 간신히 피할 수 있었다. 그사이 이 사람, 저 사람, 별 사람들이 다 찾아와 돈을 뜯어 갔다. 선교사란 그 나라를 돕기 위해 파견된 사람이지만, 그 사람들은 그런 건 관심 없고 그저 하이에나처럼 달려들어 뜯어먹을 것만 궁리했다.

하루에도 몇 번씩 절망했다. 통곡하는 마음으로 기도를 붙잡고 있을 때, 멀리 하늘에서 들리는 음성이 있었다. "사랑을 모르는 곳에 복음을 전하는 것이 하나님께서 주신 너의 사명임을 잊지 말라." 너무나 선명하고 또렷한 음성이었다.

선교를 시작한 지 그럭저럭 10여 년의 세월이 흘렀다. 그런대로 예배당과 사택이 모양을 다 갖추자 그동안 지친 몸도 마음도 좀 편해졌다. 마음의 여유가 생겨나자 사택 마당에 수영장도 하나 팠다.

그동안 어렵고 고생했던 순간들이 파노라마처럼 스쳐갔다. 그동안 신디는 어떻게 변했을까? 예전의 선교지를 찾아가봤다. 그새 한국인 목사는 하나님 곁으로 가고 없었다. 교회도 사라지고 없었다. 슬픈 일이었다. 조금 떨어진 지역에 신디가 머물고 있었다. 신디는 어느새 다 늙은 할머니가 되어 있었다. 무릎 관절에 병이 왔는지 안 그래도 펭귄처럼 뒤뚱거리던 걸음걸이가 이제는 그마저 작대기에 몸을 의지하고 있었다.

사라도 이미 홀쩍 커버려 노처녀가 다 되어서 따로 떨어져 생활하고 있었다. 신디는 교회도 없는 어느 필리핀인 목사가 임대한 집의 한쪽 구석에 침대 하나를 겨우 놓고 살고 있었다. 그 당시 나는 10년쯤 후 신디의 팔자가 그렇게 생겨먹을 것을 짐작했던 것 같다. 축복이란 남을 섬기고 못 섬기는 그 차이인데, 그것을 모르는 신디는 그저 사람을 섬기는 대신 어떻게 하면 이용하고 뜯어먹을 것인지 그것만 연구하는 것 같았기 때문이다.

그것도 다 지난 옛날, 막상 신디의 곤궁한 현실을 목격하고 나니 마음이 아려왔다. 10년이란 세월이 어느덧 훌쩍 흘러 그사이 진한 우정 같은 것이 마음속에서 꿈틀거렸던 것 같다. '오, 하나님! 어쩌자고 필리핀 사람들은 겨우 나이 50에 이렇게 할머니가 된단 말입니까!'

필리핀 사람들은 확실히 빨리 늙었다. 여자들은 40 정도가 되면 이빨이 빠진 채로 해 넣을 생각조차 못하고 그냥 살았으며, 주름이 많으면 많은 대로 그냥 살았다. 한국으로 치면 70 노인처럼 보이는 게 필리핀 여자 나이 40대였다. 그러나 신디는 어느새 50대였다. 마닐라 같은 대도시만 가도 사정이 좀 달랐지만, 지방으로 들어갈수록 더 그랬다. "우리 교회로 가. 나를 도와서 목회를 하고, 무료 급식도 하자. 하나님 사업을 잘해야 축복을 받지 이게 대체 무슨 꼴이야?" 나는 마음에서 우러나는 말을 오누이에게 충고하듯 진심으로 말했다.

신디가 사라를 불러 사택으로 옮겨온 다음 날 나는 귀국 날짜가 예정돼 있어서 공항으로 떠날 수밖에 없었다. 당초 문을 걸어 잠그려던 게 획이었지만, 신디 모녀가 옮겨 왔으므로 그들 모녀에게 집을 맡기기로 했다. 교회는 신디가 맡고, 사라는 점포를 맡아 영업을 계속하라고 허락했다.

공항으로 가는 나의 발걸음도 한결 가벼웠다. 공항으로 떠나기 전 신디에게 장차 나의 계획을 모두 설명해두었다. 구입한 다른 부지에 학교를 세울 계획도 이야기했다. 더 이상 거처할 장막도 없이 떠돌지 말라고 신디에게 신신당부를 해두었다.

필리핀은 대문을 철통같이 잠궜다고 마음 놓을 수 있는 곳이 아니다. 그라인더로 대문의 열쇠를 절단하고 집 안으로 쳐들어가 물건을 훔쳐가는 게 보통이었다. 옷가지는 물론, 안방에서 사용하던 베개와 주방의 LPG통까지 훔쳐갈 정도니 남아나는 물건이라고는 하나도 없었다.

있는 사람 것을 가져가는 것은 흉이 아니고, 그것을 당연하게 여기는 필리핀 문화였다. 훔쳐 가는 사람이 나쁜 것이 아니고 도둑맞은 사람이 머리가 모자란 것이라는 인식이 사회 전반에 깔려 있었다. 누구의 소행인지 짐작 가는 데가 있어서 신고하러 경찰서를 찾으면 퉁명스럽게 CCTV에 찍혀 있느냐, 그런 게 없다면 신고를 받아줄 수 없다고 한다. 국립 경찰이 그 모양이니 도둑질이 국민들의 일상이 안 되는 것이 이상했다. 철통같이 대문을 잠궈놨다고 해서 절대로 안심할 수 있는 것이 아니다. 그러므로 한국에 들어와 머물러도 필리핀 집이 신경 쓰어 단 한순간도 마음 편할 날이 없었다. 지금은 신디 모녀에게 교회와 사택을 맡겨놓았으니, 이제야 겨우 안심할 수 있겠구나 싶었다. 그렇게 홀가분한 마음으로 귀국을 할 수 있게 되었으니 그동안 고생한 것을 하나님께서 모두 보상을 하시는구나 싶었다.

귀국을 한 뒤 일주일쯤 지났을 때 메신저가 도착했다. 양어장 관리인이었다. 신디 모녀가 가게의 물건을 모두 빼내어 트럭에 싣고 어디론가 사라졌다는 것이다. 양어장 관리인은 필리핀인들 중에서 그나마 비교적 착해 보이는 사람이었다. 그래서 양어장 매니저로 자리를 맡겼던 것이다.

어처구니가 없었다. 물건을 차에 실을 때 못 싣도록 하든가, 나한테 미리 연락을 했어야지 친절하게 운전까지 다 해줘놓고 이제야 알려주면 어떡하냐고 볼멘소리를 해보지만 결국 내 입만 아팠다.

필리핀인들 다 한통속으로 그 모양이었다. 오, 하나님, 아버지. 불쌍한 이 영혼들을 구원해주옵소서! 멀리서 하나님 음성이 또다시 내 귀에 들렸다. "사랑은 오래 참고, 사랑은 온유하며, 투기하는 자가 되지 아니하며, 사랑은 자랑하지 아니하며, 교만하지 아니하며, 무례히 행치 아니하며, 자기의 유익을 구치 아니하며, 성내지 아니하며, 악한 것을 생각하지 아니하며(고린도전서 13:4~8)." 에이멘!

## 빛과 그늘

연꽃의 혀는 시궁창에 박혀 있다. 시궁창이 없으면 연꽃은 없다. 아름다운 것은 어디에서 오는가? 미움과 증오는 어디서부터 오는가? 아름다운 것은 더럽고 추한 것으로부터 온다. 죽도록 미워하고 증오하는 마음도 그 시원은 그리움과 사랑이다. 그리워하는 마음이 있어야 증오하는 마음이 싹트는 것이다. 그립지 않고 무관심한 대상에게서 미워하는 마음이 생겨날 까닭이 없다.

보고 싶고 그리운 대상을 향해 원망하고 미워하는 마음이 생겨나는 것은 인간이 갖는 증오의 본질이다. 사랑이 미움으로 변하는 것도 다 그와 같은 이유다. 연꽃만 아름다운 줄 알고 연꽃이 뿌리박은 시궁창을 이해하지 못하면 사물을 바로 본다고 할 수 없다. 젊은 시절의 사랑이 쉽게 깨어지는 이유도 따지고 보면 아름다운 것의 이면을 제대로 보지 못하는 데 있다. 사랑한다는 것은 그 사람의 이면까지 다 어루만질 수 있어야 진정으로 사랑하는 것이다.

애완견을 사랑한다면 애완견의 애교만 보아서는 안 되고 애완견의 배설물을 짜증스럽다고 여겨서는 안 된다. 그것이 짜증스러우면 그 사랑은 유치한 것이 되어 결국 쉽게 깨진다. 그것으로 다투고 원망하면서 서로 딴 길을 간다. 요즈음 젊은이들의 사랑의 종말은 그래서 늘 슬프다. 뒤끝은 언제나 상처와 눈물로 흥건하다. 그래서는 진정한 사랑이 어렵다.

완숙한 사랑은 나이가 좀 이슥해져야 가능하지 않을까 싶다. 산전수전까지는 아니더라도 인간애에 대한 이해가 먼저 있어야 되지 않을까 싶다. 그런 면에서 조혼보다는 만혼이 사랑의 무게감이 더 커 보인다. 사랑이 무게감이 있어야 그 사랑이 쉽게 깨지지 않는다.

상대 앞에서 방귀도 뀔 줄 알아야 하고, 이 사이에 고춧가루가 좀 끼면 어떤가? 그것을 보듬고 닦아줄 수 있어야 사랑이지. 방귀도 못 뀌는 마네킹을 어떻게 사랑할 수 있다는 말인가? 고춧가루도 없는 음식을 먹고 산다면, 그런 사람과 어떻게 맛있는 음식을 같이 먹고 사랑할 수 있다는 말인가? 몸 한구석이 탈도 나고 아프기도 해야 사람이지, 그것도 안 되면 그런 사람을 어떻게 사랑할 수 있겠는가 말이다. 사람을 사랑할 수밖에 없는 인간은 결국 그런 것을 다 사랑할 수 있어야 한다.

젊은 시절엔 꽃만 눈에 들어오기 쉽다. 여자도 꽃으로만 보일 수 있다. 화장실 가는 여자가 정이 떨어지고 추해서 싫다. 화장실 안 가는 여자가 없다는 사실을 모르지 않으면서도 그게 싫은 것이다. 싫은 데는 다른 이유가 붙을 수 없다는 게 그 시절의 사랑이기 쉽다.

꽃도 흘리는 눈물이 있고 배설도 한다는 사실을 볼 줄 알게 되려면 아무래도 나이가 좀 들어야 하는 것 같다. 그 사람을 사랑한다는 것은 배설물까지는 아니더라도 그런 기관이 있다는 것까지 이해하고 사랑해야 한다. 빛나는 그 사람만 사랑할 줄 알고 빛의 반대편인 그늘을 받아들이지 못하는 것은 진정한 사랑이 아니다.

찬란한 빛이 있는데 어찌 그늘이 없기를 바라는가. 어둠이 있어야 빛이 아름다운 법이다. 빛의 뒤에는 어찌 어두운 빛만 있겠는가. 잘 보면 회색도 있고 무지개색도 있을 수 있다. 어찌 그것만 있겠는가. 다른 빛을 가진 색깔도 얼마든지 있을 수 있다. 하물며 그런데 어찌 그늘 없이 빛만 있기를 바라는가? 그늘이 없는 빛은 견디기 어렵다. 정호승의 절창이 아니더라도 그늘과 어듬 속에 앉아 찬란히 빛나는 빛을 바라보면 빛은 얼마나 더없이 아름다운가? 그늘이 없는 사람은 없다. 그늘이 없고 찬란한 빛만 바라보는 사랑은 진정한 사랑이 아니다. 그것은 위선인 것이다.

여자도 젊고 예쁘기만 한 것보다는 조금은 주름지고 말이 통하는 여자가 사랑하기 편하고 좋다.

# 석가 곁에서

나는 그리스도의 많은 축복을 받았다. 가난한 부모를 만나 스승도 없고 계획도 없이 경중경중 중구난방으로 살아온 나를 바르게 인도하여 외국의 대학에서나마 만학의 기회를 준 것이 바로 그리스도였다. 그리스도는 나로 하여금 내 몸속에 든 달란트를 자각케 하고 문학의 문리를 깨치게 했다. 그 기쁨에 취해 나는 그때 죽어도 살아도 당신 거라고 눈물로 맹세했다.

선교사로서 사명을 다할 수 있는 기회를 가졌지만 불행이 닥쳤다. 악마와 같은 외국 여성의 덫에 먹이로 걸렸다. 악마란 늘 여자를 내세워 유혹을 한다는 사실을 기회가 다 지나간 다음 나중에서야 깨달았다.

문제가 많은 국가와 국민일수록 그리스도의 사랑을 전파하는 일이 시급하다는 명분은 분명했지만 악마는 나의 앞길을 막고 또 막았다.

학교를 짓기 위해 구입한 토지와 건물을 빼앗으려는 필리핀인들은 목회자도 일반인도 공직자도 하나같이 다르지 않았다. 먹이에 굶주린 하이에나처럼 눈에 불을 켜고 서로 먼저 뜯어먹으려고만 덤볐다. 나는 선교의 현장이 아니라 늘 법원으로 불려가야 했고 스스로를 지키기 위해 적들과 싸워야 하는 것이 불가피해졌다. 그들 나라와 국민을 돕기 위한 나의 노력이 수포로 돌아가는 일들이 너무나 끊임없이 일어났다. 더 버티다가는 어쩌면 교도소에 갇혀서 생을 마감할 수밖에 없는 신세가 될지도 모른다는 공포감에 사로잡혀야만 했다.

그러한 공포는 결국 선교 생활을 중단하고 귀국길을 재촉하게 했다. 그리스도의 사랑을 땅끝까지 전파하고 어려운 사람들을 돕겠다는 나의 생각은 부질없는 것이 되었다. 모두가 다 내가 잘할 수 있는 역량 밖의 일들이었다. 그렇게 된 데는 타고난 아웃사이더의 기질이 더해져서 그랬을지도 모른다.

사람은 저마다 타고난 달란트가 있다. 스스로 잘할 수 있는 일을 발견하고 그 일에 전념할 수 있어야 한다. 내가 잘할 수 있는 것은 글로써 그리스도의 사랑을 전파하고 알리는 일인데도 불구하고 선교 현장에 잘못 뛰어든 것이지 싶었다. 머리를 쓰고 꾀를 내어 적당히 방편을 쓰고 뭐든지 전략적이어야 하는데 나에게는 죽었다 깨어나도 그런 재주가 없었다. 적당히 사람을 몰고 다니는 일은 내가 잘할 수 있는 일이 아니었다.

내가 그런 재주를 못 가졌다면 그런 재주를 가진 사람을 곁에 두면 된다. 이론상으로는 얼마든지 가능하지만 이론만 갖고는 어려운 점도 있는 게 현실이었다. 한국인이라면 얼마든지 가능한 일이, 선교지 사람들에게는 먹히지 않는 일들이 많았다. 제아무리 끝없이 사랑을 줘도 그것을 깨닫지 못했다. 깨닫지 못하는 것으로 그치는 게 아니라 교도소를 향해 끊임없이 나를 무고했다.

인간의 모습으로 살면서도 침팬지 정도의 지능으로 살아가는 사람들도 세계에는 많았다. 피주고 또 줘도 더 뜯어먹을 것이 없나 눈에 불을 켜고 덤볐다. 목에 피가 나도록 기도를 해도 그들의 악마 심성은 변하지 않았다.

그것은 내가 결코 잘할 수 있는 일이 아니었다. 더 큰 사랑과 달란트를 가진 사람이 나타나 해야 할 일들이었다. 잘할 수 있는 사람이 일을 해야 그것이 빛나지, 할 줄 모르는 사람이 그것을 하려면 수십, 수백 배 힘만 들고 성과는 나타나지 않는 법이다.

귀국하였다고 해서 타고난 아웃사이더의 기질인 내가 변하는 게 아니었다. 선교지에서 당한 트라우마로 견딜 수 없었다. 손에 쥔 모든 것을 다 놓아버리고 싶었다. 수도권에 있던 아파트부터 팔아 치웠다. 그 돈으로 태어난 곳 근처의 어느 산중으로 스펀지가 빨아들이는 물처럼 스며들었다. 처음으로 사람의 냄새가 나지 않는 자연 속으로 깊숙이 파고드는 것이 좋고 또 좋았다.

짐승도 마지막엔 태어난 곳으로 머리를 두고 죽는다고 했던가. 우리는 모두 태어나면서부터 죽음을 향해 가는 것일 수 있다. 하지만 나에게 죽음은 머잖은 장래로 깃발처럼 성큼 다가선 것이라 믿었다.

젊었을 때 지독한 무신론자들도 나이 들면 자연스럽게 종교로 귀의하게 되는 경우가 많다. 반대로 나는 멀다는 핑계로 이제는 교회조차 잘 안 가게 된다. 기도가 얼마나 중요한지 잘 모르진 않지만 그 또한 안 한 지 오래되다 보니 이제는 점점 다 잊혀지는 것 같다.

지나고 보니 교회 안에서 피아노 소리를 듣고 찬송가를 부를 때가 너무 좋은 추억이다. 이제 다시는 그 추억 속으로 되돌아갈 시간이 없을 것 같다. 그리고 이제 너무 많은 것을 깨달아버린 것도 같다. 순종이 재사보다 나은 법이다. 이 말을 뒤집으면, 재사가 순종보다 못하다는 말이 된다. 산중 생활을 오래 하다 보니 나 자신이 재사가 되어버린 느낌이다. 새순같이 여리디 여린 시절, 피아노 앞에서 찬송가를 부르던 시절이 마냥 좋았다. 사물에 더 깊이 천착할수록 마음속에 번뇌만 더 쌓이고 복잡해지는 것 같다. 산속에 고립되어 나름대로의 경지에 도달하고 보니 울고 웃는 것도 다 부질없어 보인다.

산중 생활도 좀 오래되다 보니 자연적으로 사색하는 시간이 많아졌다. 아무에게도 방해받지 않고 자유를 넘나드는 사색의 경지, 때론 무아지경에 빠져들 때도 있다. 그럴 때면 자꾸만 내가 스님 같고 부처 같다는 생각이다. 스님이 따로 있고 부처님이 따로 있는 것도 아니란 생각도 든다.

나는 누구인가? 결론은 변해도 안 변해도 나는 나다. 딱히 변할 것도 없는 것이 나다. 부모를 둔 자식이 다른 세계의 친구를 가까이한다고 질투하는 부모가 없듯, 당신들 또한 그럴 것으로 나는 굳게 믿는다.

# 돌나물을 심자

열매솎기 작업을 끝내고 한숨 돌릴 새도 없다. 2년 전 옮겨놓은 비닐하우스를 그대로 방치해둔 것이 필리핀에서도 늘 마음에 걸렸다. 귀국한 후 먼저 손을 댄 것이 비닐하우스 안의 돌을 추려내는 거였다. 돌을 추려낸 장소에 노지에서 자라고 있는 돌나물을 캐다 옮겨 심기로 마음먹었다. 알고 지내는 포수 집 근처에 흔해 빠진 게 돌나물 군락지였다. 흙과 함께 삽으로 푹 떠서 옮겨 심으면 그대로 잘 살 것만 같았다.

물김치와 샐러드용으로 제격인 돌나물을 심겠다고 말했을 때 포수는 '돌나물'이라는 말을 못 알아듣고 그게 뭐냐고 물었다. 돌나물이 돌나물이지 달리 나보고 어떻게 설명을 하라는 것이냐고 볼멘소리를 했다. 포수는 얼른 휴대폰을 꺼내 들었다. "돌래이구마." 그러고 보니 어릴 때 어머니께서 돌나물을 "돌래이"라고 불렀던 기억이 내면 속에서 아련히 되살아났다.

14세 무렵부터 서울로 옮겨와 살았기 때문에 부모님들의 고향인 이 지방 사투리를 거의 다 잊었다. 하지만 내 몸속 어딘가에 언어의 DNA가 숨어 있는 듯 지독한 사투리라도 듣고 나면 아련하게나마 그 의미가 가까이 다가왔다. 타 지방 사람들이 들으면 전혀 이해할 수 없는 사투리도 나는 감이 왔다. 냉정하게 생각해보면 꼭 외국어 같은 사투리도 많았다. 그러나 나한테는 모두가 다 이해되었다. 나는 그것을 언어에 대한 DNA라고 생각한다.

돌나물을 옮겨 오기 위해서는 먼저 준비를 해야 했다. 겉으로 드러난 돌보다 땅 속에 박혀 있는 숨은 돌을 찾아내 제거하는 일은 다른 어떤 일보다 힘이 들었다. 그러니 개간하는 일이 얼마나 힘들까 싶었다. 그 옛날 우리 선조들이 개간하고 일구었을 농토를 생각하면 그들의 노고가 얼마나 존경스러운 건지 알 만했다. 열매솎기는 돌 추려내는 일에 비하면 일이 아니라 휴식 시간에 해당되었다.

산중에 다른 식구가 없으니 쉬엄쉬엄 천천히 해도 누구 하나 나무랄 사람도 없다. 또 아무 일도 안 한다고 해서 특별히 사달이 날 일도 아니다. 그러나 일이란 묘한 구석이 있다. 화가가 어떤 영감이 떠오르면 홀린 듯 캔버스를 펼치고 붓을 움직이는 것처럼 일 또한 그런 것 같다. 힘들지만 일이 되어가는 완성도에 따라 충만한 만족감과 희열을 느끼는 것이다.

화가가 종이 위에 물감으로 자신의 영혼을 표현해낸다면, 농부는 펼쳐진 땅 위에 자신의 영혼을 표현해내는 것이다. 그런 의미에서 농부의 예술 행위는 화가에 비해 스케일이 더 크다는 것이 나의 생각이다. 그렇기 때문에 농부는 허리가 끊어지는 것을 견뎌내면서 일을 하고 또 계속 일을 하는지도 모른다. 다른 농부들은 어떤지 몰라도 적어도 내게는 농촌의 일이란 그런 의미를 가져다주었다.

돌나물이 무성하게 자라는 그림이 머릿속에 그려지고 그 속에 낫을 넣고 마치 풀을 베듯 풍성하게 수확하리라. 오염되지 않은 지하수를 써서 새콤하게 물김치를 담궈보리라. 새콤달콤한 초고추장을 뿌려 샐러드를 만들자. 포수도 부르고 또 모르는 사람이면 어떠냐? 가까운 데 있는 사람, 먼 데 있는 사람, 여자, 남자, 젊은 사람, 늙은 사람 가리면 재미 덜하다. 바빠서 못 오는 사람, 한가해도 못 오는 사람은 빼고 멋지게 어울리기 좋아하는 사람들끼리만 모여서 왁자지껄 먹고 마셔보자. 술을 못 마시지만 고기와 막걸리는 꼭 준비해두겠다. 그래야 그림이 더 좋아지겠다는 생각이다. 그런 그림의 완성도를 위해 나는 이 일을 힘들지만 즐긴다.

돌이 거의 다 치워지고 있다. 땀에 젖어 온몸이 후줄근하다. 일을 하면 샤워를 자주 하게 된다. 몸을 움직이니 별도의 근육 운동은 아주 조금만 해도 된다. 샤워 후의 개운함까지 합하면 일거양득이 아니라 일거 사, 오득쯤은 되는 것 같다.

# 수필문학의 장점

고된 농사일로 오늘은 팔, 다리, 허리, 그중에도 특히 허리가 끊어질 듯 아프다. 할 수만 있다면 아픈 허리 부분을 싹둑 칼로 도려내고 싶은 마음이다. 그 정도로 아파서 불현듯 그런 생각이 들 때가 있다는 말이다. 한숨 자고 나면 좀 나아지려나. 잠들면 누가 메고 가도 모르므로 잠 속에 빠져들면 그 동안만큼은 고통을 덜 수 있지 않을까.

먼저 샤워를 한다. 5월 말인데도 물이 차다. 피부가 깜짝 놀란다. 순간온수기 두 대가 모두 다 고장이다. 한 대는 전부터 고장 나 있었고 한 대는 필리핀에 나가 있는 사이 겨울철 한파를 못 견딘 모양이다. 전기를 끄고 가야 했는데 나이가 드니 자꾸만 무엇을 깜박 잊는다.

매번 신중을 기한다고 해도 나이가 갖는 한계는 어쩔 수 없는 듯싶다. 슬프다. 이렇게 망가지고 스러져갈 것을 생각하니 슬프다.

그렇게도 총명했던 젊은 시절이 나에게도 있었는데 말이다. 묘한 것은 변하지 않는 문장 공부다. 문장만은 나이가 들어도 절대로 녹슬지 않는다. 서점에 깔린 책들의 문장도 내 눈에는 대부분 거슬리는 게 많다. 완전무결한 문장은 없는 것이라 해도, 어느 정도 수준은 되어야 문장을 아는 사람이 읽어도 불편함이 없을 것이다.

하지만 글 쓰는 일도 예전 같지만은 않다. 길고 복잡한 장치와 까다로운 구성을 필요로 하는 소설은 엄두를 못 낸다. 체력의 한계 때문이다. 그저 마음먹고 쓰면 20~30분 만에 한 편씩 쓸 수 있는 수필이 내게는 딱 제격이다. 그래서 수필은 만년의 문학이라 생각한다. 사람에 따라서는 수필도 쓰는 게 쉽지 않다. 한편의 수필 가지고도 몇 달을 낑낑대는 사람도 쌔고 쌨다. 대부문 문장 공부를 덜 익힌 탓이다. 나의 경험을 통해서 볼 때 등단을 하고도 한 10년쯤 지나자 그제서야 문장을 좀 갖고 노는 장인에 이른 것 같다. 마치 김연아가 얼음 위에서 춤을 추는 것처럼….

역시 수필은 만년의 문학이다. 지긋한 나이가 되어야 수필이 제대로 써진다. 젊은 시절엔 수필이 잘 안 된다. 조용히 내면으로 침잠해 들어가는 사고가 부족할 수 있다. 소설은 역시 젊을 때 장시간 버틸 체력이 뒷받침되어야 가능한 것 같다. 말이 그렇다는 거지, 소설이 어디 체력만 가지고 될 일인가? 뛰어난 문장력과 톡톡 튀는 문체와 낯설게 하기, 의식의 흐름 기법 같은 온갖 문학의 기법들이 총동원되어야 가능하다. 그만큼 예술성이 뛰어난 것이 소설이라 할 수 있다.

모든 예술 행위의 어머니는 언어요, 문장이다. 먼저 문장이 감동적으로 만들어져야만 등장하는 인물의 입을 빌어 발화하는 것으로 예술 행위를 하는 것이다. 그런 매력 때문에 돈이 안 생겨도 글을 쓰고 또 읽는다. 독서를 향유할 줄 아는 것도 일정 부분은 글쓰기와 같다. 창작의 수준에 못 미치면 진정한 독서가 불가능하다.

소설과 달리 시나 수필은 발화자가 작가 자신이다. 어떤 경우도 1인칭을 벗어나지 않는다는 말이다. 그러므로 거짓으로 글을 쓸 수가 없다. 허구가 통할 수 없는 문학이다. 가식적으로는 수필이 쓰여지지도 않고, 또 쓸 수도 없다. 진솔하지 않으면 쓰여지지 않는 것이 바로 시고 수필이다. 젊은 시절엔 타인을 의식하는 경향이 많다. 자신의 확고한 신념보다는 타인에게 비쳐지는 자신의 모습과 남들이 어떻게 생각할지에 대해 생각하면서 시류에 영합하려는 경향이 많다.

그런 까닭에 젊은 시절엔 진솔함을 필요로 하는 수필은 잘 쓰여지지 않는다. 그리고 인생을 논하는 의미가 많이 포함된 수필을 감히 젊은 이가 쓴다는 것이 격에 맞지도 않는다. 그러나 나이가 들면 모든 위선을 초월하는 자신만의 영역을 확보할 수 있게 된다. 그런 매력 같은 것이 있어서 수필은 남녀노소를 막론하고 쉽게 감동을 받는 별도의 문학 장르가 된다고 보는 것이다.

온수 매트에 등짝을 붙이고 예닐곱 시간을 쥐죽은 듯 자고 일어나니 허리의 통증이 견딜 만하게 완화되었다. 이렇게 되면 허리 근육은 더욱 발달하여 단단해질 것으로 생각된다. 에너지의 충전이 제대로 이루어진 셈이다. 그런 여유를 가지고 수필 한 작품을 또 끄적여본다.

이렇듯이 수필이란 쓰는 사람에 따라서는 다른 글에 비해 쉽고 또 읽는 사람도 부담 없이 읽을 수 있다는 장점이 있다. 현대인들의 기호에 가장 잘 맞고 어울리는 문학 장르다.

# 씻어 먹기

급한 일에 밀리다 보면 열매솎기는 번번이 우선순위에서 밀려 일하는
시기를 놓친다. 그 결과 오늘에서야 마음먹고 열매솎기의 첫 작업을
한다. 첫 번째 열매솎기는 작업 진도가 매우 더디다. 가재 알처럼 다
닥다닥 붙어 있는 열매들을 모두 솎아내려면 시간이 꽤 많이 걸린다.
꽃이 핀 자리마다 열매가 맺혀 있어서 거의 다 훑어낸다는 기분으로
일을 하고도 뒤돌아서 보면 여전히 열매가 원하는 것보다 훨씬 많이
달려 있다. 그래서 두 번, 세 번 열매솎기를 해줘야 하는 거다. 그래놓
고도 오다가다 보면 또 솎아낼 것이 있다.

쉬운 일이 없다. 그냥 서서 손만 움직이는데도 허리가 아프다. 일의

진도가 더디므로 지루하다. 지루하기 때문에 장시간 이 일을 하기가 싫다. 농약을 치는 일은 빨리빨리 몸을 움직이기 때문에 피로가 덜하다. 농약 칠 때는 마스크를 꼭 쓴다. 열매솎기할 때는 굳이 마스크가 필요한 건 아니다. 그러나 쓰는 게 안 쓰는 것보다는 훨씬 낫다.

생명과 건강은 단 한 번의 기회밖에 주어진 게 없기 때문에 매사 불여튼튼이 좋다. 사랑도, 건강도, 생명도 한 번 잠깐 왔다가 스쳐가는 것이므로 역시 있을 때 잘하는 것이 무엇보다 중요하다.

과일이라고 다르지 않다. 한 번 일을 소홀히 하면 그 열매는 그냥 버려야 한다. 복숭아나 사과 같은 과일은 농약 치는 시기를 놓치면 안 된다. 농약 없이는 절대로 과일을 생산할 수가 없다. 무농약 과일은 있지도 않고 또 있을 수도 없다. 그런 게 있다고 하면 그건 장사꾼의 새빨간 거짓말이고 사기다.

과일 농사를 하는 사람이라면 양심상 차마 그런 거짓말은 절대로 못한다. 농약을 더하고 덜할 수도 없다. 열흘에 한 번꼴로 농약을 뒤집어씌워줘야 벌레 생기는 것을 막을 수 있다. 농약을 치다 보면 나무에 농약을 치는 게 아니라 과일을 아예 농약에 담궈서 키우는 것이라고 말해도 별로 틀리지 않는 말이다 싶을 때가 있다.

과일을 대충 옷 같은 데 한 번 쓰윽 문지른 다음 입으로 가져가는 것은 죽나 안 죽나 목숨과 건강을 시험해보는 것과 같다. 당장 죽지 않는다고 해서 무해한 것은 아니다. 먹은 것으로 인해 몸 어딘가에 트러블이 생기고 그것이 암으로 발전할 가능성을 절대로 배제할 수가 없는 것이다.

깨끗이 닦아지는 건 없다. 깨끗이 씻어지는 것만 있는 게 과일이다. 과일을 닦기만 하고 먹을 바엔 차라리 참고 안 먹는 게 낫다. 닦기만 해도 먹을 수 있는 무공해 과일이 있다고 말하는 사람이 있다면 그 과일을 몽땅 그 사람의 입에 갖다 물려주는 게 옳다.

어쩔 수 없이 치는 농약이다. 하지만 그런 과일이 무농약으로 생산한 과일이라는, 얼토당토않은 말은 제발 하지도 말고 믿지도 말자. 무농약 과일은 절대로 있을 수 없다. 이는 과일을 만들어내는 농부의 이야기다. 농부는 거짓말을 안 한다. 농부는 예술가다. 땅을 캔버스 삼아 실질적 그림을 그리는 위대한 예술가다. 농부를 빼면 누가 입속으로 들어가는 쌀알을 만들 것이며, 누가 맛있는 과일을 만들어낼 것인가. 진정한 예술가는 농부다. 농부를 빼고 나면 다 어설픈 이미테이션(imitation)이다. 글을 쓰는 내가 직접 농사에 참여하는 것은 이 같은 하늘의 뜻을 받들어 실천하는 것이다.

오늘은 고작 열매솎기를 한나절밖에 안 했는데 그만 꾀가 난다. 꾀가 날 때는 작품이 안 된다. 지금은 그야말로 브레인 포그(brain fog) 상태다. 정신이 맑아야 멋진 작품을 만들어낼 수가 있다. 쉬엄쉬엄 쉬어가면서 일을 하자. 그렇게 맛있고 멋진 농부의 예술 작품을 만들어보자.

멀리 눈부시도록 아름다운 하늘 밑, 푸른 산 정상에 구름 한 점 걸렸다.

## 말 없는, 말 많은 비

오늘처럼 하염없이 비가 올 땐 무엇을 하는 게 좋을까? 빗속에 젖은 시간을 어떻게 무료하지 않고 단조롭지 않게 보낼 수 있을까? 이럴 땐 조금은 긴장을 불러올 수 있는 대화가 통하는 친구가 있었으면 좋겠다. 이성이면 더욱 좋겠다. 하지만 나는 이성 중에 진정한 대화가 통하는 사람을 아직 발견하지 못했다.

현실은 녹록지 않다. 하릴없이 뜨거운 찻잔을 앞에 놓고 하루 종일 그치지 않을 것 같은 비를 대책 없이 물끄러미 바라보아야 하는 나의 삶이 조금은 쓸쓸하고 슬프다.

비가 오는 날은 비 말고는 따로 올 것이 없다. 외로움이란 보통 아무도 찾아주지 않을 때 찾아온다. 비는 오면 올수록 사람을 더 고독하게 한다. 눈이 올 때는 그 눈을 맞으면서 조금은 걸을 수 있다. 하지만 비는 그렇지 못하다. 실내에 꼼짝없이 갇혀 있어야만 한다. 빗속에 홀로 갇혀 있으면 오만 가지 옛 생각이 다 살아난다. 대개는 죄의식을 느끼는 것들이다. 헤어진 옛 아내 생각, 소식 없는 자식 놈 생각, 스쳐 간 옛 추억들이 담배 연기처럼 하릴없이 스멀스멀 피어난다.

비가 안 올 때는 그런 부질없는 추억과 상념에 잠기거나 반추를 할 시간적 여유가 없다. 그런 면에서 비는 스승이다. 말없이 내리지만 많은 말로 교훈을 준다. 교훈으로서는 말이 많으면 잘 안 먹히지만 듣기에 따라 비는 말없이 내리는 측면이 있기 때문에 스승이 될 수 있다. 말 없고, 말 많은 비. 그런 비가 지금 창밖에서 추적추적 조용히, 그러나 시끄럽게 내리고 있다.

추억이란 대개는 후회스럽고 아쉬운 것들이 많다. 회한으로 점철된 것들이고 슬픈 것들이다. 슬프기에 아름다운 구석도 있을 수 있다. 비로 인해 몸은 갇히지만 반대로 영혼은 날개를 단다. 나는 왜 이곳에 서 있는가? 영원히 내 곁에 머물 것 같았던 그 사람들은 모두 다 어디로 사라져버린 것일까?

홀로 남겨진 이 순간 인생이란 혼자 하는 여행이라는 걸 뼈저리도록 느낀다. 우리의 인연이라는 게 결국 많은 사람들이 오가는 여행의 길모롱이에서 잠깐 스쳐 만나는 그런 것임을 절감한다. 아름다운 인연들, 그러나 반드시 타인으로 돌아서야만 하는 안타까움이 있다. 그러므로 늘 웃자. 아웅다웅 날카롭게들 굴지 말자. 상대가 실수를 해도 그냥 웃어넘기자. 늘 연습처럼 하다 보면 그게 별로 어렵지 않다는 걸 알 수 있다. 성에 차지 않는다고 앙탈을 부려봐야 결국 자신의 운명만 더 사납게 연출될 뿐이다.

상처 주지도 말고 상처 받지도 말아야 축복된 삶이다. 상처를 주는 것도 못할 짓이고 상처를 받는 것은 더 견디기 어렵다. 설사 기대에 못 미쳐 허방을 짚게 되더라도 낙담하거나 원망하지 말자. 각자 제 갈 길 가는 게 여행이다. 가까이 있었던 사람들에게 조금만 더 참아주지 그랬냐고 내가 말할 수 없었던 것도 다 이런 이유다.

오늘처럼 쏟아지는 비, 그리고 하염없이 눈시울을 붉히게 되는 눈물. 비는 소리 없이 내리기도 하고 때로는 크게 아우성치며 내린다. 아니, 아래로 내리는 것도 같고 땅을 박차고 다시 위로 솟구치는 것도 같다. 비는 내리는 것인가, 치솟는 것인가? 말없이, 그러나 말 많은 비. 말이 없어서 말 많은 비. 오늘도 아물지 않은 생채기를 쉼 없이 때리며 때로는 아래로 떨어지고 때로는 밑에서 위로 솟구친다.

온통 비명의 소리. 비의 홍수, 눈물과 회한의 홍수. 어느 것이 빗물인지 눈물인지 구분이 어렵다. 타임머신이 있을 리 없는 깜깜한 절벽이 눈앞에 놓여 있다. 절망의 벽. 시작만 있고 끝이 없는 절벽, 죽어야 끝이 나는 절망의 벽에 빗물이 묻어 한없이 미끌거린다.

오늘은 온통 세상이 다 초상집처럼 모두 우는 날이다. 위에서 내리면서 울고, 밑에서 솟구쳐 아우성을 치면서 절규하는 날이다.

# 거리의 미학

비가 온다. 때 이른 더위가 기승을 부리더니 마침내 비를 불렀다. 비는 늘 좋다. 눈이 내리는 것만큼이나 좋다. 지금처럼 지질지질 내리는 비 말고 기왕이면 화끈하게 퍼붓는 소나기가 좋다. 4대강 사업을 한 탓인지 그 후론 웬만큼 소나기가 퍼부어도 강물만 불어났지 비 피해가 크게 났다는 뉴스는 눈에 잘 띄지 않는다. 그 또한 좋은 현상이다. 그러나 4대강 정부 책임자는 교도소에 갇혀 있다가 최근에야 풀려났다고 한다. 누가 적폐인지 애매하기만 하다. 권력을 상실하면 적폐가 되고 권력을 잡고 그 권력이 살아 있으면 선이 되는 것만은 분명한 것 같다.

기대했던 소나기는 아니지만 아쉬운 대로 따끈한 차 한 잔을 들고 베란다 창문으로 다가간다. 비에 젖은 숲을 바라본다. 숲은 모두 몸을 오므린 채 고개를 숙이고 있다. 비가 싫다기보다는 수줍은가 보다. 온몸을 간지럽게 애무해오는 비의 손길에 알몸을 맡기고 말았다는 게 부끄러운가 보다. 조금 멀리 앞산에는 머리만 하늘로 향한 채 온몸이 숲에 잠겨 있는 구름이 보인다. 하늘을 날 수 없는 숲이, 하늘을 나는 운명을 타고난 구름을 붙잡고 이별을 아쉬워하는 형국이다.

구름과 숲이 한 몸이 되는 이런 날이 나무 옮겨심기에는 최적이다. 설핏 약해진 빗속으로 삽과 괭이를 들고 나선다. 뿌리를 묻을 구덩이를 파본다. 비는 웬만큼 내렸다 싶어도 땅을 파보면 여전히 마른 생흙이 나온다. 옮겨 심을 나무뿌리에까지 빗물이 흥건히 가 닿으려면 며칠 동안 비가 추적추적 내려야 할 듯싶다. 소나기 말고 추적추적 내리는 비. 그런 비가 내려야 한다. 온 지구가 젖어야만 땅속도 젖어들 것 같다.

온몸이 젖는 한이 있더라도 비가 좀 더 세게 내려줬으면 싶다. 젖은 흙이 나무뿌리에 가 닿도록 섞는다. 촉촉한 흙이 나무뿌리를 편안하게 해주려면 그래야 할 것 같다. 젖은 흙의 양이 아직은 너무 적다. 화끈하게 비가 좀 내려주었으면 싶다. 그런데도 몸은 어느새 꿉꿉하다. 땅속은 마른 흙 그대론데 표면의 흙은 미끌거리며 자꾸만 신발에 무겁게 달라붙는다. 걸음이 잘 안 떨어진다. 나무 한 그루 옮겨 심자고 옷과 신발만 괜히 다 버렸는가 싶다.

성난 것처럼 흙 묻은 신발로 땅을 꽉꽉 몇 번 차주고 현관문을 연다. 현관문을 열자 실내의 마른 공기가 와르르 달려 나오며 얼굴로 확 덮친다. 따사롭게 마른 공기가 싫지 않다. 실내에 있을 때는 바깥의 비 오는 풍경이 좋았고 바깥에서는 또 실내의 따뜻하고 아늑한 마른 공기가 좋다. 그러므로 아름다운 것은 바라보는 거리 어디쯤에 있는 것 같다.

꽃 안에 들면 꽃은 고단한 삶일 뿐 아름다운 것과는 거리가 멀다. 그러므로 꽃도 일정한 거리를 두고 바라봐야 아름답다. 하여 아름다운 것은 거리에 있는 것 같다. 우리의 삶도 그런 것 같다. 과거라는 일정한 거리를 두고 바라보면 그 시절이 그립고 아름다운 것 같다. 사랑도 멀리 떠나버리고 나면 너무나 그리운 것이다.

비행기를 타고 내려다본 마을과 집, 바둑판처럼 반듯하게 잘 정돈된 들녘은 또 얼마나 아름다운가.

# 빠빠빠

지고지순한 사랑은 부모가 자식을 사랑하는 마음이 전부인 것 같다. 자식이 부모를 존경하고 사랑하는 마음도 부모의 사랑에 비하면 훨씬 못 미친다. 그 외의 모든 사랑은 필요에 의해 하고 필요에 의해 버린다. 필요하지 않으면 보이지도 않으며 필요해야만 사랑으로 보인다. 필요하지 않은 사랑은 가치도 없고 의미도 없다는 것이 날이 갈수록 더한 것 같다.

바쁜 세상 가치 없는 짓을 누가 한단 말인가. 그게 요즈음 특히 두드러지는 인간관계다. 본질을 알면 슬프다. 몰라야 마음껏 이용하고 이용당하고 울고불고 드라마틱한 삶의 굴곡이 펼쳐지는 것이다.

이용이 꼭 나쁜 것만도 아니다. 목적지에 도달하기 위해 택시를 이용할지 버스를 이용할지를 알면 이용이 어디 꼭 나쁜 것이겠는가. 택시도 버스도 손님을 이용하는 것이고 손님은 택시나 버스를 이용하는 것이다.

이렇듯 쌍방이 유익하게 이용하면 그것이 곧 윈윈(win win)이다. 일방만 이롭게 되면 그것이야말로 나쁜 의미의 이용이다. 사회의 모든 구조와 관계는 이용이 본질이다. 그러므로 쌍방의 이용은 건강한 사회의 메커니즘(mechanism)이다. 나쁜 사회는 결국 파멸로 이어진다. 국가라는 것도 위정자가 국민을 일방적으로 표로만 이용하면 정당이든 국가든 결국 망하는 길로 들어설 수밖에 없다.

여성가족부가 필요하면 남성가족부도 있는 게 맞다. 둘이 하나가 되고 전체가 되는 게 맞다면 하나는 없고 하나만 있는 것은 어색하다. 젠더를 이용할 목적이 아니라면 이상한 것이다. 여성가족부도 두고 남성가족부도 만들어두면 될 것 아닌가? 노 땡큐다. 아무것도 안 만드는 것이 만드는 것보다 나은 경우가 이 경우다. 어색한 하나를 만드는 것보다는 둘 다 안 만들면 그대로 자연스럽다. 공무원 숫자만 늘려 쓸데없이 국가 예산만 축내는 일을 왜 하느냐는 것이다.

세금을 내는 국민은 골병이 들든지 말든지 자신의 잇속만 챙기고 보자는 식의 위정자는 국민들이 반드시 역사로써 심판해야 한다. 그래야 사회가 올바른 방향으로 방향타를 잡게 되는 것이다. 잠시 속을 국민은 있어도 영원히 속을 국민은 없다는 것을 똑똑히 보여주어 교훈으로 남길 필요가 있는 것이다.

대한민국이 아니고 아프가니스탄이라면 여성가족부 같은 걸 꼭 만들 필요가 있을 것이다. 그 나라는 아예 여성을 노예 취급하므로 여성 해방이라는 차원에서라도 여성가족부 같은 것이 필요하다. 그러나 대한민국은 아프가니스탄에도 없는 여성가족부를 만들어서 어쩌자는 말인가? 이러고도 위정자가 국민을 이용하지 않았다고 자신 있게 말할 수 있는가? 국가기관은 한번 만들어지고 나면 혁명이 따르지 않는 한 쉽게 없애기가 어렵다. 그 통에 세금을 내야 하는 국민들만 허리가 휘다 못해 골병이 드는 것이다.

신혼부부만 아파트를 공짜로 주는 것도 마찬가지다. 신혼부부가 아니면 가임기간에 있는 집 없는 사람들은 어쩌란 말이냐? 신혼부부만 아이를 낳는 것이 아니다. 아이 안 낳은 신혼부부는 또 어떻게 설명할 것인가? 이런 것이 설명이 안 되면 이 또한 위정자들의 나쁜 의도가 있다고 봐야 한다. 이런 엉터리 같은 것을 정책이라고 내세울 때는 반드시 나쁜 이용의 목적이 있다고 보는 것이 옳다.

본질을 알면 이러한 것에 이용당하는 국민이 안 생긴다. 이용을 안 당해야 히틀러 같은 인간이 다시는 발붙일 곳이 없게 된다. 알사탕을 갖고 줄 듯 말 듯 장난을 치는 정치인도 문제지만 알사탕에 혼을 빼앗기는 국민들은 더 큰 문제다.

겉은 평화로워 보이지만 멀쩡하게 아침밥을 잘 먹고 밖으로 나간 사람이 모함이라는 덫에 걸려 주검이 되어 말없이 집으로 돌아오는 사회다. 그런데도 사람들은 남의 일로만 치부하고 모두 무기력하게 매너리즘(mannerism)에 빠져 있다. 죽어가면서도 설마 죽이기야 하겠어? 설마 전쟁이야 나겠어? 하는 식이다. 삶의 본질이 정글 사회라는 것을 망각하고 있다. 정글 사회보다 나은 사회를 위해 국가가 만들어진 것이다. 국가가 잘못하면 말만 국가지 실상은 정글 사회보다 더 잔인하다.

국가는 본질인 정글 사회를 잊어서는 안 된다. 국민들은 온실과 같은 태평 생활을 하고 매너리즘에 빠져 있어도 국가는 그렇게 해선 안 되는 것이다. 국가가 태평성대나 매너리즘에 빠져 있으면 그것은 적에게 몸을 고깃덩이로 내주는 것과 같다.

어느 국가라도 극단적으로 생사의 기로 앞에 놓이게 되면 본질로 돌아갈 수밖에 없다. 정글 사회로 회귀하는 것이다. 미국 같은 나라도 석유와 같은 에너지가 떨어지면 가만히 앉아서 죽을 때를 기다리지 않는다는 것이다. 그것을 가진 다른 나라를 치고 들어갈 수밖에 없는 운명과 맞닥뜨리게 되는 것이다. 겉으로야 뭐라고 하든 세계의 도처에서 전쟁을 벌이거나 막고 있는 나라들의 본질은 그런 것이다.

잠시 평화를 누린다고 해서 그 평화가 영원할 것이라는 착각 속에 빠져 있어서는 안 된다. 그런 것은 환상일 뿐이다. 온실에서 웃자란 꽃대는 쉽게 부러진다. 철학을 가진 위정자는 언젠가는 야생에 내동댕이쳐질 국가와 국민을 생각하고 만전을 기해야 하는 것이다. 국가 예산의 최우선순위는 그런 것을 기초로 하고 그 위에서 당면한 현실의 정책을 펴나가야 하는 것이다.

다른 동물도 크게 다르진 않지만 특히 인간은 무료한 것을 싫어한다. 한곳에 붙박혀 있는 것을 못견뎌하는 것이다. 평화가 담보된 일상을 벗어나 거칠고 험한 여행을 떠나고 싶은 것이 인간이다. 알피스트(alphyst)처럼 말이다. 잘못하면 목숨을 잃을 줄 알면서도 무거운 가방을 메고 너도 나도 위험한 해외여행을 떠나는 것도 다 그런 이유다.

문명 사회라는 것은 따뜻한 온실과 같다. 사람들은 언제쯤 온실이 치워지고 말 것이라는 생각은 전혀 못한다. 위정자와 국가는 그래선 안 된다. 다시 정글 사회로 돌아가더라도 마지막까지 살아남을 내성과 실력을 키워가야 하는 것이다.

그러나 현실은 전혀 그렇지 않다. 술 취해서 비틀거리는 사람들이 길거리에 마구 토해낸 오물 같은 쓰레기 입법, 얍삽하게 포장된 특정 정당의 이기주의 입법, 국민을 위하고 나라를 위한 게 아니라 국민을 일방적으로 이용하고자 하는 알사탕 입법이 태반이다. 보복과 내로남불, 특정 지역을 위한 예산의 편중 입법, 인구 5천만 남짓의 작은 땅덩어리를 가진 나라, 우리는 없고 나와 너만 있는 나라 꼴이 참으로 한심스럽지 않을 수가 없다.

적에게 평화를 구걸해 봐야 돌아오는 건 침략밖에 없다. 굶주림에 달려오는 호랑이를 향해 평화를 외치는 것은 어리석다. 가공할 무력을 개발해야 단숨에 호랑이를 제거할 수 있고 평화가 담보된다.

평화지상주의자들은 "전장에서도 평화회담을 한다"라고 떠벌이고 있다. 그것은 실력으로 상대방을 확실하게 제압할 수 없을 때나 하는 말이다. 전쟁이란 확실한 승산을 가지고 벌이는 게임이다. 그러나 여의치 않아 승산의 가망이 없을 때 평화를 들고나오는 것이다. 방어하는 쪽 역시 마찬가지다. 반격할 실력이 있고 상대를 굴복시킬 수 있다면 무엇 때문에 평화회담을 한다는 말인가. 확실한 평화는 적을 제거하는 일 외에 다른 것은 있을 수도 없고 있지도 않다.

위정자는 정글 사회의 본질로 돌아가서 세계를 바라보는 안목이 있어야지, 되지 못한 평화 타령이나 하는 그런 위정자는 대한민국의 국민도 아군 편도 아닌 것이다. 한마디로 그런 위정자는 붉은 무리들인 것이다. 대한민국의 주민등록을 가진 붉은 무리를 식별하는 방법은, 그들이 평화타령을 일삼는지 보면 된다.

붉은 무리들이 "나 붉은 무리, 여깄소" 하는 법 없다. 붉은 무리는 "내가 진정 붉은 무리로 보입니까?" 하고 엉뚱하게 되묻는다. 한마디로 능갈을 떠는 것이다. 국민들이 위정자를 붉은 무리로 볼 때는 그만한 이유가 있다. 붉은 무리가 원래 따로 있는 게 아니다. 적과 내통하고 적을 이롭게 하면 그게 바로 붉은 무리가 되는 것이다. 알지 못하는 가운데 붉은 무리 짓을 했든, 알고 진짜로 붉은 무리 짓을 했든 어느 쪽이든 국법이란 서릿발 같아야 한다. 어설픈 관용이나 온정주의는 배를 가라앉히고 나라를 망치는 일이다. 나라를 위해 순국하신 선열들의 영혼을 헛되지 않게 해야 하는 것이다.

그러나 대한민국의 어제오늘 현실은 어디 못 붙어먹은 귀신이라도 들린 것처럼 여기저기로 몰려가서 무슨 놈의 빠, 빠, 빠 하고 줄을 선다. 그리고 나발 통을 불어댄다. 천박한 빠돌이, 빠순이들이 신들린 무당처럼 미친 촛불 굿판을 벌인다. 히틀러가 한국에서 다시 부활한 느낌이다. 온통 가짜 민주 평화의 붉은 무리들 천지의 세상이다.

# 영혼의 꽃

2년 만에 돌아온 집이다. 그동안 비워둔 집이어서 먼지가 뽀얗게 쌓이다 못해 껍질처럼 딱딱하게 굳어 있다. 그래도 내가 살던 집이라 흉가 같은 느낌은 안 들어 다행이다. 어머니 품속처럼 포근한 집이다. 환하게 웃으며 반겨줄 이는 없어도, 돌아올 나의 집이 있다는 것은 죽을 만큼 좋다. 호텔을 전전하던 외국 생활이란 얼마나 삭막했던가? 무거운 가방을 들고 종종걸음을 쳐야 했고, 뭐든지 빨리빨리 서둘지 않으면 안 되었다. 시간이 되면 일어나야 하고, 방을 비워줘야 했다. 택시를 잡아타야 했고, 또 어딘가로 옮겨가야 했다.

아무도 기다리는 이가 없어도, 나를 위한 집이 있다는 것은 뼈가 녹을 만큼 좋다. 집이 없다면 당장 모텔이나 원룸 같은 곳에 투숙을 해야 한다. 돈을 셈하고, 언제까지 비워줘야 한다든지 하는 압박감이 머리를 지끈거리게 한다. 나의 집이란 언제 돌아와도 제자리에 익숙하게 그대로 있다. 내가 잠귀놓은 자물쇠가 그대로 채워져 있고, 열쇠로 딸깍 열고 들어가기만 하면 비록 먼지는 쌓였을망정 평화와 자유가 깃든 곳이다.

바깥에는 햇볕이 반짝이고, 푸른 못과 싱그러운 과일나무들이 있어서 더욱 좋다. 새들이 찾아와 전깃줄에 앉아 지저귀고 꽃들이 저마다 하고 싶은 말을 향기로 전해온다. 그 사이에 홀로 선 외딴집이 나의 집이다. 너무나 익숙한 것들, 책장에 꽂힌 책들, 세탁기, 냉장고, 어느 것 하나 정들지 않은 것이 없다. 거미줄을 걷어내고 먼지만 털어내면 그대로 두 다리를 쭉 뻗고 편히 누울 수 있는 나의 집, 아무도 간섭하지 않는 나만의 공간, 나의 집이 정말 좋다. 사람이 살지 않는 집이란 금방 귀신이 나타나 어깨를 툭 치며 "요즘 좀 어때" 하고 나올 것 같은 분위기를 풍기지만, 나의 집이란 그런 것과는 거리가 멀다. 예전에 내가 흘러놓은 영혼의 찌꺼기들이 다시 살아나 두 팔을 벌리고 빵빠레를 울리며 나를 환영해주는 듯한 그런 집, 어머니의 자실 같은 곳이다.

집 안 청소를 대충 끝내놓고 바깥 창밖을 내다본다. 숲이 한없이 평화롭다. 비 오는 날 또는 맑은 날, 내가 늘 관찰해오던 숲이다. 두 해를 묵힌 사과밭, 복숭아밭이 어떻게 변했는지 궁금하다. 잡풀의 극성에 견디지 못하고 그만 묻혀버리지나 않았는지? 복숭아나무는 심은 지 7년쯤 되었다. 제아무리 잡풀이 극성을 부려도 7년생 나무를 쉽게 묻어버리기는 어려울 것이다. 그러나 심은 지 1년밖에 안 된 사과나무는 어떻게 되었을까? 그악스럽게 달려드는 잡풀을 이겨내기에는 1년생 사과나무는 너무나 여리다. 급히 달려가 보고 싶어진다. 작업화를 신는 것도 잊은 채 슬리퍼를 끌고 댓바람에 사과밭으로 달려간다. 마른 엉겅퀴와 도깨비바늘이 양말도 신지 않은 맨살을 사정없이 할퀸다.

다행히 사과나무는 잘 버티고 있다. 복숭아나무는 가지가 마구 부러지거나 찢겨져 있다. 흙구덩이도 여기저기 파여 있다. 멧돼지가 흙구덩이를 파고 아예 배를 깔고 드러누웠던 모양이다. 근처에 마른 배설물도 드문드문 눈에 띈다. 주인 없는 복숭아밭에다 멧돼지들이 아예 살림을 차렸던 모양이다. 심은 지 7년이 넘도록 한 번도 복숭아를 수확해 팔아보지 못했다. 매해 봄 가지치기를 시작해 열흘마다 농약치기, 열매솎기. 수확 철이 다가온다 싶으면 새들이 날아와 여기저기 가지를 옮겨 다니며 송곳으로 찔러놓은 듯 딱 한 입씩만 쪼아놓는 통에 도저히 상품이 되지 않았다. 멧돼지의 출현은 아예 전쟁터를 방불케 했다.

뻔히 그런 줄 알면서도 농장 일을 중노동으로 계속해왔다. 그것은 결국 새와 멧돼지에게 맛있는 먹거리를 제공하는 짓밖에 안 되었다. 조금만 더 참아보고 여의치 않으면 모두 베어내고 그 자리에 대추나무나 심었으면 하던 중이었다. 처음부터 대추나무를 심었더라면 지금쯤 얼마간의 수입을 얻을지도 모르는 일이었다. 그저 멧돼지는 쫓으면 된다고 간단하게 생각한 게 잘못이었다. 봉지를 씌울까? 그러면 새들로부터의 피해는 막을 수 있겠다. 그러나 멧돼지는 주둥이로 못 하는 짓이 없다. 그러므로 대추나무를 심는 것 외에 다른 대안이 없다 싶었던 것이다.

처음부터 사과는 내가 워낙 좋아해서 묘목을 사다 심었다. 처음부터 비즈니스를 생각하고 한 것은 아니었다. 그러나 사람 팔자는 시간문제다. 지금은 무엇보다 비즈니스가 필요했다. 사과나무를 잘 관리해서 비즈니스를 한번 해보자는 것에 사족이 달릴 이유가 없다. 멧돼지는 사과 열매까지는 몰라도 적어도 나무에 피해는 주지 않았다. 산비탈에 심었으니 그야말로 산 사과인 셈이다. 사과나무는 몇 그루만 말라 죽고 대부분 건강하게 잘 살아 있다. 연전에 눈이 많이 쏟아져서 비닐하우스가 견디지 못하고 무너졌다. 그것을 벗겨낸 보온 덮개를 사과나무 사이에 깔아준 덕분에 그것이 주효하여, 주변의 잡풀이 미처 자라지 못한 탓이었다.

떡갈나무만은 달랐다. 제아무리 잘라내고 별짓을 다 해도 떡갈나무는 봄, 여름, 가을 할 것 없이 새순을 무성하게 피웠다. 그럴 줄 알고 2년 전 외국으로 나가기 직전 제초제를 떡갈나무 뿌리에 듬뿍 먹여주었다. 그러지 않았더라면 사과나무는 떡갈나무 등살에 못 배겨났을 것이다. 바람에 날려 비뚤어진 보온 덮개를 바로 펴주고 말뚝으로 고정시켰다. 일을 해놓고 뒤돌아보니 역시 사람 냄새가 좀 나는 것 같다.

사람의 냄새, 사람의 온기, 사람의 영혼, 그리고 영혼의 꽃. 그것이 빠지고 없으면 금방 귀신이 나타나 어깨를 툭 치며 "요즘 좀 어때?" 하고 나올 것 같은 분위기가 되고 마는 것이다.

# 맛있는 노동

과수원에는 복숭아나무 60주, 사과나무 100여 주가 심어져 있다. 봄이 되면 꽃이 핀 자리마다 열매가 다닥다닥 마치 가재 알처럼 달린다. 열매가 달린 대로 그대로 두면 제대로 된 열매를 하나도 얻지 못한다. 상품으로서 모양이 갖추어지게 하려면 열매솎기를 잘 해줘야 한다. 병충해 방제도 중요하므로 열흘에 한 번꼴로 농약을 쳐줘야 한다. 그게 과일 농사다. 나무에 달린 그대로 두었다가 과일을 수확해서 내다 팔기만 하면 되는 게 아니다. 하늘을 쳐다보면서 스케줄에 따라 계속 작업복을 갈아입었다 벗었다 하는 게 농사일이다.

자유분방한 성격의 글쟁이에게 규칙을 지켜가면서 하는 일만큼 커다란 문제도 없다. 글을 쓰다 꾀가 나거나 집중이 잘 안 될 때 그저 한 번씩 휙 바람을 쐬듯이 밭에 나가 농약을 쳐주는 게 적성에 맞다. 그렇지만 전문적인 농사는 그게 아니다. 스케줄에 따라 계획대로 해나가는 일이 과수원 농사다. 비가 너무 많이 와도 적게 와도 곤란하다. 그래서 과수원에는 지하수와 물탱크가 필수다. 노지나 다름없는 곳에 앉혀놓고 보온 덮개만을 달랑 덮어 씌워둔 게 나의 물탱크다. 그래 놓고 나니 어딜 가나 물탱크가 신경 쓰였다. 필리핀에 머물면서도 물탱크가 늘 신경이 쓰였다. 풍화작용에 의해 플라스틱 재질로 된 통이 삭아버리거나 아주 녹아버리지나 않을까 하는 걱정이 그것이다. 공연히 걱정을 하느니 귀국하면 제일 먼저 물탱크 집부터 지어야겠다고 마음먹었다.

귀국하자마자 열매숨기와 농약 치는 일이 나를 급하게 기다리고 있었지만, 워낙 낙천적인 나는 그 일을 뒤로 미룬 채 우선 물탱크 집부터 짓기로 하고 그것에 온통 마음이 꽂혀 있었다. 어린아이가 소꿉장난할 기대에 부푼 것처럼 나의 집짓기는 그렇게 시작되었다. 말이 쉬워 물탱크 집이지 막상 일을 시작해놓고 보니 사람이 거주하는 집이랑 별반 차이가 없었다. 어차피 기둥을 세워야 하는 것도 마찬가지고, 지붕도 올리고 벽체를 세우는 등 어느 것 하나 사람이 사는 집과 다르지 않았다. 처음 일을 시작할 때는 그저 물탱크 집쯤이야 하고 만만하게 덤빈 것인데 막상 일을 시작하고 보니 실상은 영 딴판이다. 벌여놓은 일을 중간에 그만 때려치울 수도 없었다. 집 짓는 도중에 일이 점점 더 커지는 것 같아 겁도 덜컥 났다. 재료를 다 사다놓고 일을 중단하면 돈만 축내는 꼴이고 또 무엇보다 자존심이 구겨지는 일이다.

비웃음을 사지 않으려면, 무슨 수를 쓰더라도 내 힘으로 집을 완성해야 했다. 서툰 대로 철제 기둥을 세우고 같은 일을 반복하다 보니 전문 기능을 필요로 하는 용접 일도 익숙해져 갔다. 말이 좋아 용접 일이지, 그 일이 익숙해질 때까지 우여곡절도 많았다. 용접 불에 화상을 입고 몇 번이나 119 구급차에 실려 병원으로 간 적도 있다. 그래도 포기하지 않고 매달린 결과 어느새 진짜 용접공 뺨치는 수준에까지 도달했다고 자부한다. 일을 하면서 느끼는 게, 어른이라고 해도 어린아이가 소꿉장난에 몰입하는 것과 본질적으로 다르지 않지 않나 하는 생각도 퍼뜩 들어서 피식 웃음이 나왔다. 배고픈 줄도 몰랐고, 밥때가 다가오는 게 귀찮기도 했다. 품삯을 받고 일하는 노동이 아니라 자신의 집을 짓는 일이어서 그런지 쉽게 몰입에 빠져들었다. 일이 되어가는 진도나 완성도에 따라 무한 희열을 느끼는 것이다. 그런 면에서 노동은 예술이었다. 맛있는 노동, 감동이 있는 예술이었다.

일을 하다가 가끔 한 번씩 허리를 펴고 하늘을 쳐다본다. 하늘은 언제나 평화롭다. 파란 하늘, 하얀 구름, 그 사이를 자유롭게 나는 새들. 그런 것들을 바라보는 것도 너무 좋다. 말끔하게 차려 입고서가 아니라, 일하다가 철 기둥에 그대로 걸터앉아 바라보는 하늘이 참 눈부시도록 좋다. 객석에서 무대의 주인공의 연기를 바라보는 것이 아니라 직접 무대에서서 열연하는 주인공이 돼보는 이 맛이 너무 좋다. 전문가를 불러다 집을 짓는 것이 아니라, 어설프더라도 내 손으로 직접 참여해서 집을 지어보는 기쁨을 어디다 비할까 싶다.

도시의 생활이란 기어가 서로 맞물려 돌아가는 것처럼 늘 긴장되며 잠시도 한눈을 팔 수가 없다. 한가롭게 여유를 가지고 일하고 싶어도 그게 허용되지 않는다. 규칙에 따라 일을 해야 하고 시간을 정해놓고 출퇴근을 해야 한다. 한 사람이 펑크를 내면 회사라는 큰 기계가 멈추고 마는 까닭에 아파도 드러누울 수가 없다. 그러므로 글쟁이의 적은 도심 생활 그 자체다. 나는 자유로운 영혼의 소유자이므로 자유로운 일이 좋다. 그래서 글도 쓰고 집도 직접 지어본다.

우여곡절 끝에 물탱크 집이 어느 정도 완성되어간다. 막막하기만 했던 일도 자꾸 들여다보고 매일 조금씩 궁리를 하고 만지작거리다 보니 결국 마음먹은 대로 집이 만들어진다. 우공이산이란 말도 그래서 생겨난 것 같다. 힘겨운 노동 일 덕분에 그간 먹은 것이 소화도 잘됐고 나이에 걸맞지 않게 팔뚝에 근육도 더 붙은 것 같다.

귀국해서 집이 있는 언덕길을 오를 때 무릎이 약간 시큰거렸다. 관절의 신호였다. 아무래도 외국 생활에서 운동을 소홀히 했기 때문인 것 같다. 물탱크 집을 다 짓고 나니 팔뚝뿐만 아니라 다리에도 근육이 더 붙어 무릎이 시큰거리는 것도 거짓말처럼 사라졌다. 노동을 하다 보니 근육이 더 튼튼하게 만들어진 것 말고는 달리 설명할 길이 없다. 나이 들었다고 가만히 앉아 있으면 없던 병도 생긴다. 해가 동쪽에서 뜰 때는 속도가 느리지만 서쪽으로 떨어질 때는 속도가 사정없이 빠르다. 고개를 잠시 돌렸다가 다시 쳐다보면 해가 금방 아래로 툭 떨어져 있는 것을 볼 수 있다.

땀 흘리고 움직이는 것이 바로 보약인 것이다. 조깅하고 헬스장 가서 운동하는 것도 좋지만 일거양득을 꾀한다면 매일 조금씩 노동 일을 하는 것도 괜찮다. 노동 일을 하다보면 지루할 틈도 없다. 하루 종일 무리하게 일에 매달리지는 말고 매일 조금씩 땀을 뻘뻘 흘리면서 운동처럼 빡세게 하는 것이다. 그런 다음 샤워하는 맛은 그저 꿀맛이다. 속을 텅 비운 다음에 먹는 음식 맛이 최고인 것처럼 땀을 뻘뻘 흘리고 난 뒤 샤워를 하면 그 맛은 하늘을 나는 듯 최상급이다. 조깅이나 헬스장에서 하는 운동은 조금은 지루하다. 그러나 고된 노동 일이지만, 되어가는 완성도와 이루어져 가는 모양새에 따라 지루할 틈이 없다. 재미가 있으면 힘든 노동도 전혀 힘든 줄 모르고 몰입이 된다. 노동도 기막힌 예술이다.

내친김에 물탱크 집을 완성한 다음 진짜로 살 집을 하나 멋지게 지어볼까? 자신감이 절로 붙는다. 과수원 농사보다 더 재미있는 일이 집 짓는 것이다. 겨울철 아랫목이 뭉근한 방구들도 한번 놓아보고 싶고, 장작불을 피울 벽난로도 설치하고 싶다. 연기를 뽑아낼 굴뚝을 지붕 위로 높다랗게 세워보면 어떨까? 눈이 소복이 내리는 겨울 대기 속으로 꽃 피우듯 굴뚝으로 하얀 연기를 피워 올리는 것은 또 어떨까? 이 얼마나 낭만적인가? 머릿속에 멋진 그림들이 그려진다. 무의식을 좇아가는 글쓰기만큼이나 쫄깃쫄깃하면서 맛있고 좋다. 노동은 맛있다. 맛있는 노동이다.

# 맙소사

5월인데도 아침저녁으론 너무 쌀쌀하고 춥다. 반면 낮에는 덥다. 추운 아침에는 자리를 박차고 일어나는 일이 너무 어렵고 싫다. 등 따신 온수 매트와 이불이 꼭 어미의 자실 같다. 그러나 그럴수록 마려운 소변이 너무 고통스럽다. 소변을 몸속에 오래 두는 게 좋을 턱이 없다. 이성은 화장실을 가는 건데 몸은 여전히 이불 속을 못 벗어난다. 이 나이가 되도록 못 고치는 병이 그것이다.

오늘은 특별히 날씨가 더 춥다. 대기가 싸늘해진 탓에 특별히 오줌 줄기가 더 시원찮다. 수돗물을 틀었을 때처럼 쫙쫙 뻗어 나온 경험은 아주 먼 옛날 옛적의 이야기다. 나이 먹으니 그런 게 다 시원찮다. 다

누고도 여전히 잔뇨감이 남는다. 그러므로 자연 소변 보는 횟수만 늘어난다.

대도시에 살 때는 5월에 이런 추위를 느껴본 적이 없다. 몸이 좀 귀찮기는 하지만 꼭 추위가 나쁜 것만은 아닌 것 같다. 사람의 몸이 늘 더운 데 노출돼 있으면 빨리 늙는 건 아닐까? 필리핀에 가서 좀 오래 살다 보면 그걸 느낀다. 한국에 있다가 필리핀으로 옮겨가면 갑자기 혈관이 확장되는 탓에 혈압도 내려가고 오줌 줄기도 갑자기 한동안은 시원하다. 그러나 몇 달째가 되면 본래 한국에서의 증상처럼 되돌아간다.

바깥에 노출돼 있다가 찜질방에 들어가면 처음에는 몸에 변화를 느끼지만 늘 그곳에서 생활하다 보면 몸은 또 그 뜨거운 환경에 그대로 적응한다는 것은 어렵잖게 짐작할 수 있다. 그러므로 필리핀도 그와 같을 거라는 생각이다. 반대로 필리핀에서 오래 있다가 한국에 돌아오면 금방 또 몸이 다른 반응을 한다. 필리핀에서 한국으로 돌아오면 날씨가 여간 더워도 더위를 전혀 못 느낀다. 한국에 금방 도착하면 혈압도 상승하고 또 오줌 누는 횟수도 잦아진다. 그러나 조금 자나면 몸이 완전히 한국의 날씨에 적응하여 본래의 몸 상태가 된다.

나로서는 한국과 필리핀 중 어느 나라의 날씨가 사람의 인체에 더 좋다고 딱 잘라 말하긴 어렵다. 전문가가 아니기 때문이다. 형편만 된다면, 뜨거운 여름철은 한국에서 살고 겨울엔 필리핀으로 건너가 수영도 하고 편안하게 살다가 오면 딱 좋을 것 같다. 열두 달 중 6개월은 한국에서 살고 6개월은 필리핀에서 살면 딱 좋을 것 같다는 생각이다. 꿈같은 얘기다. 직장은 어떻게 하고, 누가 소를 키운다는 말인가? 그림자처럼 딱 달라붙어서 먹이도 챙겨주고 건강 상태도 살펴줘야 하는 게 소다. 따라서 소 키우는 사람은 안 되겠고, 화가나 작가나 뭐 그런 직업을 가진 사람이라면 전혀 현실성 없는 얘기도 아니다. 무엇보다 필리핀은 지리적으로 멀지 않다. 비행기로 4시간 거리에 불과하고, 저가 항공편을 이용할 경우 보통의 비행기 삯으로는 국내 노선인 제주도 가는 항공료밖에 안 된다.

사람이 계속 뜨거운 나라에서 사는 게 몸에 좋은 건지 나쁜 건지 잘 모르겠다. 그러나 눈으로 보기에 필리핀 사람들은 한국 사람들에 비해 훨씬 빨리 늙는다. 필리핀 여자들은 틴에이저(teenager) 때는 정말로 마네킹처럼 빚어놓은 듯 예쁘다. 필리핀 여자들은 매년 국제 미인대회에 나가 입상하지 않은 적이 없을 정도다. 한국의 틴에이저들도 물론 예쁘다. 틴에이저가 안 예쁜 나라는 없다. 모든 여자들이 제일 예쁜 때가 16~18세 때인 것 같다. 국제 미인대회에 입상하는 여자들은 거의가 다 17~18세 때다.

필리핀의 여아들이라고 해야 하나, 여성들이라고 해야 하나, 그녀들은 14~15세가 되면 보통 보이프렌드를 갖는 게 일반적이다. 필리핀인들에게 그것은 흉이 될 수 없고 그들만이 갖는 문화다. 보이프렌드(boyfriend)라는 말은 한국인들이 생각하는 그런 의미가 아니다. 한국에서 보이프렌드는 그냥 아는 남자 친구 정도지, 굳이 성관계를 떠올릴 이유는 없다. 그러나 필리핀의 보이프렌드는 단순한 남자친구가 아니라 성관계를 갖는 남자친구라는 뜻이다. 혹시 한국인들이 필리핀으로 여행가서 무심코 보이프렌드라고 소개했다가는 크게 오해 받기 딱 알맞다. 조심하기 바란다.

필리핀은 스무 살 정도만 돼도 시집을 안 갔다면 노처녀에 속한다. 대개는 시집을 갔거나 보이프렌드와의 사이에서 낳은 애가 둘셋 정도는 딸렸다. 한국인 남성과 국제결혼을 하는 필리핀 여성들 중에는 딸린 애를 숨겨놓고 싱글 행세를 하는 경우도 있다. 필리핀은 모계 사회이기 때문에 남성들은 그저 씨만 뿌리는 것일 뿐 가족 개념에서 벗어나는 경우가 많다. 물론 시대의 변천에 따라 최근에는 안 그런 경우도 많지만, 전통적으로는 그렇다는 말이다. 필리핀은 이혼이 법으로 금지된 나라다. 법으로 이혼을 금지한다고 해서 사람들이 서로 미워하면서 붙어살지는 않는다. 그래서 풍선 효과가 나타나는 것이다. 어느 나라 국민이라도 "하지 마!" 한다고 안 할 만큼 대중들이 순진하지는 않다. 그래서 세파레이트(separate)라고 하는 풍선 효과가 생기게 되는 것이다.

필리핀은 커뮤니티(community)가 잘 안되는 나라다. 중범죄를 짓고도 얼마든지 피하고 숨어 살 수 있는 허술한 나라다. 필리핀은 크게 세 지역으로 나뉜다. 수도가 있는 필리핀의 본섬인 루손, 그리고 반군들의 지역인 민다나오, 그 다음 또 하나는 비사야 지역이다. 비사야 지역만 하더라도 7개의 큰 섬과 수백 개가 넘는 작은 섬들이 있다. 그곳의 어느 한 섬으로 잠적해버리면 살인자도 죽을 때까지 안 잡히고 떳떳하게 행세하면서 살 수 있다. 필리핀에 살인 사건이 많이 일어나는 것도 이와 무관하지는 않다고 본다.

필리핀은 4대 사회 중범죄라는 것을 두고 있다. 살인, 강도, 납치 강간, 간음이 그것이다. 다른 것은 이해가 다 가는데 간음이 4대 사회악 범죄라는 것에 포함되는 것은 선뜻 이해가 안 간다. 한국의 경우는 간음은 범죄도 아니지 않은가? 필리핀은 간음을 하면 평생 교도소 담장을 못 벗어난다. 그런데도 간음은 절대로 없어지지 않는다. 그래서 그동안 쌓은 것을 다 버리고 간음 상대자와 손잡고 멀리 외딴 섬으로 도망을 가는 것이다. 그렇게 도망을 가버리면 국가의 사법권이 그곳까지 전혀 못 미친다. 한국처럼 치안이 발달한 나라라면 국토의 어느 곳에 숨더라도 다 찾아낼 수 있다. 그러나 필리핀은 치안도 국가 행정도 김빠진 사이다나 콜라 정도라고 할까? 아무튼 다른 나라를 보고 차마 개판이라는 소리는 못 하겠다. 앞에서도 말했지만, 필리핀 사람들이 수틀리면 사람을 잘 죽이고 잠적해버리는 것도 그럴 수 있는 여건이 만들어져 있기 때문이다. 살인을 했을 때 반드시 잡히게 돼 있다면 어느 멍청이라도 그렇지 살인을 할 까닭이 없다. 살인 같은 짓은 원래 멍청이들이 하는 짓이긴 하지만, 아무리 그래도 그렇지 뻔히 잡힐 줄 알면서 그런 짓을 할 인간은 진짜 없을 것이기 때문이다.

사람 사는 세상에서 본질이란 절대로 변할 수도 없고 또 변하지도 않는다. 이혼을 금지하고, 법으로 꽁꽁 묶어놓는다고 해서 이미 미워진 사람과 한데 붙어 살을 섞고 서로 침을 빨아가면서 살 수 있단 말인가? 턱도 없는 소리다. 법을 만드는 사람들이 인문학적인 소양을 가져야 본질을 알지, 그런 교양이 없으니까 어처구니없는 법을 만들어놓고 사람들에게 지키라고 하는 것이다. 도저히 지킬 수 없는 법을 만들어놓고 지키라고 하면 그 나라는 지옥을 면하기 어렵다. 이런 것은 명색이 문명한 다른 나라들도 반면교사로 삼는 게 옳다고 본다. 다제 잘났다고 만들어대는 법이지만 본질을 내다보는 눈이 없어서 만들어진 개떡 같은 법도 찾아보면 얼마든지 있는 것이다.

선교 생활 때 본 필리핀의 한 여성 이야기다. 40대의 이 여성은 여섯 명의 자녀를 두었는데 여섯 명의 자녀들이 아버지가 다 달랐다. 한 남자와 한 명씩의 아이만 낳고 헤어지고 또 다른 남자를 만나고 한 결과다. 그리고는 대외적으로는 남자 없이 과부로 살고 있었는데, 실은 그 지역을 관할하는 경찰관과 매우 위험한 관계(간통)를 맺고 있었다. 그 나라는 경찰관이면 일반 법률의 제약을 별로 안 받는 특별한 신분이다. 어쨌든 그 과부 여자는 그러면서도 선교사인 나에게 추파를 던지곤 했다. 나는 무척 불결하다는 생각을 하였고, 그 후로는 그 여자가 있는 쪽으로 발걸음도 떼지 않은 적이 있다.

자녀들은 아버지가 제각각 달랐지만, 그들끼리는 친형제 못지않게 진짜로 사이가 무척 좋았다. 한 엄마의 몸에서 태어났기 때문이다. 그것을 이해하려면 모계 사회라는 것을 먼저 이해하면 쉽게 납득이 간다. 방 한 칸에 여러 식구가 한데 뒤엉켜 살기 때문에 필리핀은 신생아들 중 게이가 참 많이 태어나는 나라다. 근친상간이 그만큼 많다는 증거다. 형제자매간에도 쉬쉬하며 드러나지 않게 애를 낳곤 한다. 그러면서도 어떤 경우든 절대로 낙태 수술은 안 하는 나라다. 그것이 그들의 문화다. 명색이 카톨릭 국가라는 것이다. 그들의 토속 신앙은 카톨릭이다. 여섯 명의 아이들은 아버지하고는 아무런 관계가 없다. 모계 사회 전통의 문화다.

필리핀은 한국과 마찬가지로 미국이 주권을 되찾아준 나라다. 그러나 그들에겐 역사도 없고 스페인의 식민지로 노예 생활을 300년이나 해왔으므로 그들은 역사의 혼도 갖고 있지 못했다. 그런 것은 또 한국과는 전혀 다르다. 미국으로부터 정부를 이양받기까지 필리핀인들은 국가의 행정을 모두 미국에 의존했다. 그러므로 그들은 그들의 고유한 언어인 따갈로그가 있음에도 불구하고 국가 공용어로 영어를 쓰게 된 것이다.

그 결과 자연스럽게 미국의 새 문명이나 풍습을 받아들이게 되었다. 필리핀이 전통적으로 모계 사회이면서도 태어난 아이들의 성은 또 아버지의 성을 따서 쓰며, 결혼한 아내도 남편의 성으로 바꿔서 쓴다. 이중적이고 모순된 문화라고밖에 달리 해석할 수 없는 부분이다.

부모가 헤어지면 양육을 포기한 한쪽 부모는 생판 타인이 된다. 개중에 경제력이 뒷받침되는 한쪽 부모는 양육비를 매달 꼬박꼬박 대주므로 아이들 뇌리에 부모로써 존재가 각인되지만, 그마저도 못 하면 한쪽 부모는 완전 타인이 되는 문화다.

한국의 관공서는 부계 사회 전통이므로 호주를 아버지 이름으로 쓰는데 필리핀은 호주에 해당하는 이름을 어머니 이름만 쓴다. 아버지는 가족 관계 서류 어디에도 적는 난이 없다. 한국은 부모가 이혼을 해도 아이들에게 아버지나 어머니는 떼려야 뗄 수 없는 관계를 유지하는 게 보통이다. 그러나 필리핀은 부모가 헤어지고 나서 동거하지 않는 쪽의 한쪽 부모는 양육비를 지급하는 관계를 유지하지 않으면 후일 한쪽 부모가 나중에 늙어서 거지가 되어 길거리에서 구걸을 해도 쳐다도 안 본다. 왜 그러냐고? 그게 문화기 때문이다. 문화가 뭐냐? 사전적으로야 뭐라고 하든 여기서는 그 사회의 가치를 지배하는 사회적 분위기라고 설명해둔다. 다시 말해 문화란 옳은 것도 틀린 것도 아니지만 그 사회에서 옳다고 믿는 가치가 바로 문화라는 말을 하고 싶은 것이다. 왜곡되면 왜곡된 대로 그것이 그 사회를 지배하는 기준이기 때문이다.

요르단 같은 나라에선, 형님이 죽으면 동생이 형수와 결혼하는 전통이 있다. 그것이 옳은 것이냐 틀린 것이냐가 문제가 아니고, 그냥 그들만의 전통이고 문화일 뿐이다. 여기서 우리가 되돌아보아야 할 것은, 우리가 철옹성처럼 믿고 있는 전통이란 것도 전혀 전복되어지지 않을 것은 없다는 말을 해두고 싶은 것이다.

잘 아는 것처럼 필리핀은 뜨거운 나라다. 사람들이 마음이 뜨거우면 좋은데, 아무튼 날씨만 쓰잘데없이 뜨겁다. 뜨거워서 좋은 것은 바나나 열매가 달리고 망고가 달란다는 그런 정도다. 아참, 그러고 보니 그 외에도 열대 지방에서 나는 과일들이 많기는 하다. 그렇다고 여기서 백화점을 여는 것도 아니고 전시회를 하는 것도 아닌데 그 과일들 이름을 일일이 나열할 필요는 없다고 본다. 아무튼 뜨거워서인지 더워서인지 하여간 사람들도 길가의 개들도 되게 느릿느릿하게 움직인다. 그런가하면 팬티만 입고 있어도 별로 이상하게 쳐다보는 사람도 없다. 그들의 생활 문화인 것이다.

한국은 농부들이 일모작을 하는데 필리핀은 삼모작도 가능한 나라다. 그러나 어지간해서는 삼모작은 않고 보통 누구든지 이모작은 한다. 한국 사람들 같으면 굳이 삼모작을 해야 직성이 풀릴 것 같다. 먹을 것도 충분치 못한 나라에서 한국 사람들처럼 서둘거나 아둥바둥대는 모습은 절대로 볼 수 없다. 그저 느릿느릿하다.

예금통장을 가지고 있는 사람은 농촌 지역에서는 찾아볼 수가 없다. 한국 사람들은 보통 너댓 개의 예금통장을 갖고 있다. 그러나 필리핀은 내일이 없다. 그저 오늘이 있을 뿐이다. 필리핀인들은 자신의 생일을 제일로 치는 문화를 갖고 있다. 그러므로 오늘 생일을 맞이했다고 가라오케를 대여해 오고 거하게 잔치를 벌이고 나서는, 그다음 날에 가서 이웃에 먹을 쌀이 없다면서 돈 뀌달라고 다니는 것을 흔히 볼 수 있다. 우리 같으면 바쁘게 돈 벌고 살다 보면 그깟 생일이 무슨 대수라도 되냐고 나올 것이 뻔한데 필리핀인들은 절대로 그렇지 않다. 우리가 옳고 그들이 틀렸다는 말을 하고 싶은 게 아니다. 그것이 그 사회를 지배하는 문화 관습이라는 말을 하고 싶은 것이다.

아버지의 성이 로버트면, 자식의 성도 한국처럼 아버지의 성을 따라 로버트가 된다. 이름이 존이면 존 로버트가 된다. 그런데 어머니의 이름이 본래 세피아 코퓨즈라고 치면 이름은 그대로 두고 코퓨즈라는 성을 로버트로 바꾸어 세피아 로버트로 결혼 즉시 바뀌는 것이다. 그런데 가운데의 미들 네임(middle name)이라는 것을 영어 이름을 쓰는 나라 사람들은 다 갖고 있다. 미들 네임은 어머니의 성이다. 즉, 어머니가 세피아니까 아이의 이름은 존 세피아 로버트가 되는 것이다. 우리가 영어권 나라의 공항에 도착하면 세관신고서라든지 입국신고서를 작성하게 되는데, 우리 한국인들은 미들 네임이 없다고 말하면 영어권 나라의 공항 직원들은 매우 뜨악한 표정을 짓는다. '도대체 얘들은 뭐야? 어머니가 없다는 게 말이나 돼?' 하는 표정인 듯하다. 하지만 누가 어머니가 없다고 했나? 미들 네임을 안 쓴다고 했지.

그런 필리핀 나라 국민들도 한국인들보다는 행복지수가 높다는 것은 또 이상하다. 잘 먹고 잘사는 한국인들은 불행하다고 느끼는데 헐벗고 못 사는 필리핀인들이 행복해 죽겠다는 것이다. 인간 세상이란 참으로 이해 불가한 것이다. 인간 세상에서 진리를 말하는 인간들은 철이 안 들어도 보통 안 든 게 아니다. 나 같은 사람도 굳이 어느 한쪽 나라를 택해서 살라고 한다면, 한참을 망설이며 대답을 못 할 것 같다. 장단점이 다 있다는 말이다. 어떤 면에서는 필리핀이 좋고 어떤 면에서는 대한민국이 낫기 때문이다. 그래서 진리란 없고 유토피아도 없다는 것이다. 없는 것은 아주 없어야 하는데 있는 데가 있으니 인간의 머릿속이다. 그래서 유토피아를 떠드는 사람이 적지 않다. 그러나 단호히 말해서 유토피아 나라는 없다는 것이다. 장담한다. 영원히.

봄, 여름, 가을, 겨울로 나뉘는 한국의 계절은 예술이다. 필리핀은 우기와 건기로 나뉘는 2계절이라고 하지만 우리가 볼 때는 1년 내내 큰 변화가 없다. 그러므로 날씬하고 눈이 큰 예쁜 아가씨를 빼면 별로 재미난 것은 없다. 그러나 물가가 싸고 인건비가 싸기 때문에 한국인들은 그런 점에서는 필리핀이 좋다. 날씨 환경과 인간들의 특성과는 밀접한 관계가 있지 않나 하는 생각을 할 때가 더러 있다. 4계절이 뚜렷한 한국인들은 뭐든 변화되는 환경에 준비하는 게 일상이라고 해도 과언이 아니다. 필리핀인들은 준비가 필요 없다. 그냥 오늘 아니면 내일이면 되고, 오늘 뜨는 뜨거운 태양이 내일도 변함없이 뜨겁다는 것. 그것이 맞고, 변할 것도 없다. 그러나 한국인들은 오늘 불덩이처럼 뜨거웠던 태양이 내일은 맥을 못 추고 차가워진다는 것을 너무나 잘 안다. 태양도 여름엔 뜨겁고 겨울엔 차갑다.

나무와 숲을 보더라도 늘 더운 필리핀의 나무는 갑자기 확 자라는 것을 볼 수 없다. 나무 잎의 색깔도 거무튀튀한 것이 다이나믹하게 생장하는 모습을 찾아보기 어렵다. 나무와 숲은 거의 정물처럼 변화가 없다. 나무 역시 나태하기 짝이 없는 것이다. 반면 한국의 나무는 겨울이 지나고 봄이 오면 사람의 속살처럼 금방 피를 뚝뚝 듣는 것같이 선명하고 싱싱하다. 겨울 동안 억제되었다가 봄이 되면 발정 난 짐승의 수컷처럼 폭발적으로 피어난다. 겨울 동안 응축된 에너지가 한순간 폭발적으로 일어나는 것을 볼 수 있다. 한국인들의 뜨거운 열정을 보는 것 같다. 한국인들은 화끈한 것을 좋아한다. 매운 고춧가루를 빼고는 음식을 맛있다고 하는 법이 없다. 필리핀 사람들은 라면을 먹고도 맵다고 호호대며 입술에다 손부채질을 연신 해댄다.

한국에 오래 머물러 있으면 필리핀 집의 수영장이 너무 그립다. 팬티만 입고 옷을 벗고 살아도 흉보는 사람도, 이상하게 쳐다보는 사람도 없다. 원시인처럼 얼마나 자유스럽고 편한가? 수영복을 입고 수영장에 잠겨 있다가 사람이 오면 물이 뚝뚝 듣는 수영복 그대로 사람을 맞이하고 이야기를 주고받아도 아무 상관없다. 이 얼마나 자유스러운가? 그런 면에선 필리핀이 또 너무 좋다. 하지만 건강이라는 측면에서 볼 때는 문제가 다르다. 필리핀 사람들이 조로하는 것도 늘 뜨거운 날씨와 무관하지 않은 것 같다. 반면 한국 사람들은 필리핀 사람들에 비해 확실히 덜 늙는 특징이 있다.

필리핀 여성들은 보통 25세 정도가 되면 한국의 40대 아줌마 같다. 한국의 40대 아줌마 사진들을 필리핀인들에게 보여주면 거의 99%는 20대 중반쯤으로 본다. 필리핀 여성들과 동침해본 한국 남성들의 평가를 듣고 종합해보면 실제로 그런 것도 같다.
맙소사!

# 여성가족부 아웃

한 나라에 여성가족부가 있다는 건 국가의 수치다. 여성이 남성들로부터 얼마나 심하게 핍박을 당하고 차별을 당해왔으면 굳이 여성가족부라는 것을 만들었을까. 여기에는 역설이 있다. 여성가족부의 탄생은 그 출발부터가 불순한 동기다. 국민을 젠더(gender)로 갈라치기하고 여성 표를 끌어모으려는 정치인의 얄팍한 꿈수가 복병처럼 감추어져 있다고 보게 되는 것이다.

사인 간에도 일방적 이용은 지탄의 대상이 된다. 한 나라의 대권을 거머쥔 사람이 자신이 가진 권력을 이용해 국가 조직을 마음대로 만들고 (형식적으론 합법이다) 그것을 자신을 위해 이용하면 그보다 큰 죄는 없다.

사실이 이런데도 여태껏 속는 줄 눈치조차 못 채고 여성 만병통치 행정기관인 것처럼 나발을 불어대는, 골이 빈 꿩 대가리들이 많다.

국제결혼을 한 필리핀 여성이 칼로 한국인 남편의 배를 찔러 죽였다. 정신 나간 사법부 판사가 살인자 필리핀 여성을 고작 5년 징역형에 처한 사건의 배경에는 시민단체의 그악한 활동에 사법부의 판사가 그만 굴복당한 느낌이다. 우후죽순처럼 생겨난 시민단체의 설립 배경에 여성가족부가 있다는 사실을 아는 사람이 많지 않다. 뿐만 아니라 국제인권을 내세우며 살인자 필리핀 여성을 돕겠다며 무료 변론을 자처하고 나서는 변호사 단체 또한 그 꼴이다.

외국인 인권이 우선인지, 자국민 인권이 우선인지, 아니면 둘 다 평등한 것인지 헛똑똑이 변호사 단체에게 묻지 않을 수 없다. 자국민인 죽은 남편을 위한 시민단체나 무료 변론을 자처하는 변호사 단체는 눈을 닦고도 찾아보기 어렵다. 변호사 단체라는 것이 법만 알았지, 보다 근원적이고 철학적인 안목이 없기 때문이다. 판사도 법복을 벗으면 변호사다. 살인자 필리핀 여성의 보호는 죽은 남편의 국가가 자청하고 나서서 해준다. 죽은 남편은 죽었기 때문에 죽은 자는 아무 말이 없다. 판결을 내린 판사는 자국민 인권에 대한 관심보다 시끄럽고 말 많은 쪽의 손을 번쩍 들어주게 되는 구조다. 죽은 자국민은 말이 없고, 살인자를 돕는 자국민의 시민단체는 연일 법원 앞에 나타나 피켓을

들고 시끄럽다. 말없고 조용한 쪽은 죽은 자고, 시끄러운 자는 살인
자 편을 드는 시민단체다. 기가 질린 판사는 당연히 시끄러운 쪽의 편
에 서서 유리한 해석을 붙여주어 손을 번쩍 들어준다. 대책이 없다.

여타의 사건에서 자국민 살인자가 고작 징역 5년형에 처해진 사례가
있는지 나는 과문해서 잘 모른다. 하지만 아마도 없을 것 같다는 게
나의 상식이다. 이런 판결을 내려놓고도 법조인이라고 거들먹거리며
얼굴을 들고 다닐 것이다. 이런 얼빠진 나라가 오늘날 대한민국의 현
주소다.

세계의 어느 나라가 외국인을 더 위하는 국가가 있다는 말인가? 국가
란 존재 목적이 국민을 위한 것이다. 외국인 인권을 더 보호하는 나
라는 세계를 통틀어 어느 나라도 없다. 내국인과 외국인의 인권이 평
등하면 그것이 최고의 인권 국가인 것이다. 따지고 보면 외국인 인권
을 보장하는 것도 목적은 자국민을 위한 것이다. 외국인 인권을 보장
하는 척이라도 해야 제3국에 대고 자국민의 인권을 보호해줄 것을 당
당히 요구하고 나설 수가 있기 때문이다. 그것이 본질이다. 외국인 인
권을 보장하는 것의 본질은 외국인을 위한 것이 아니고 자국 국민의
인권을 보장받기 위한 것이다. 우리나라의 여성가족부라는 곳이 시
행하는 행정들을 가만히 들여다보면 흡사 유엔 기관의 세계여성가족
부 같다. 아니, 유엔 기구는 한국의 기구가 아니기 때문에 세계여성가

족부 같은 엉터리 기구는 만들 필요가 전혀 없다. 유엔 기구에 종사하는 사람은 겉멋만 든 한국 사람들이 아니기 때문이라는 생각이다. 아무튼 인권에 관한 한 여성도 남성도 똑같아야 하고, 내국인도 외국인도 똑같아야 하는 것이지 젠더로 나누어지거나 내국인과 외국인의 차별을 둬야 할 성질의 것이 아니다.

많은 동남아 쪽 외국 여성들은 한국이라는 나라를 아주 봉으로 본 나머지 코리안 드림을 가지고 있다. 이 여성들은 한국으로 들어오는 비자(visa)를 받기 위해 수단과 방법을 안 가린다. 그러므로 상대가 누구든 그저 한국에만 들어올 수 있다면 형식적으로 결혼 제도를 마음껏 이용하는 경우도 많다. 그렇게 이용할 목적으로 한국에 들어온 이상 결혼 생활을 성실히 하지 않을 것은 너무나 자명하다. 한국에 도착하자마자 종적을 감추어 가출을 해버리고 이혼의 빌미를 제공한다. 이렇게 이혼을 한 경우에도 여성가족부는 무조건 팔을 걷어붙이고 외국 여성 보호에만 앞장선다.

피해를 입은 자국민 남성을 무시하고 여성가족부는 외국인 여성을 위한 행정만 죽자고 편다. 피해 입은 자국민 남성은 죽거나 말거나 해당사항 무다. 외국인을 돕는 시민단체라는 것은 인허가를 전부 여성가족부로부터 받아서 활동한다. 법무부 또한 법률로 뒷받침하여 변호사 단체로 하여금 외국인 여성이면 100% 무료 법률 지원을 받도록 해준다. 피해자 자국민 남성은 소송을 하고 별짓을 다 해도 외국인을 당해낼 수가 없다. 이러한 내국인 역차별 현상이 생기는 것이다.

외국인 뒤에는 대한민국이라는 국가가 버티고 있기 때문이다. 재판은 그 자체로 돈과 시간이 많이 든다. 자국민 남편들은 대부분 우리 사회의 언더그라운드(underground)에 해당하는 경우가 많다. 돈이 넉넉하지 못하므로 변호사를 선임할 수 없어서 나 홀로 소송을 벌인다. 법률이라는 전문지식 앞에 그만 좌절하고 마는 게 자국민 남성들이다. 상대는 대부분 형편없는 거짓말쟁이 변호사들이다. 피해자인 가난한 자국민 남편은 삶이 온통 망가지는데도 어디에서도 보호받지 못한다. 그래서 고단한 삶이 그만 골병이 드는 것이다. 대한민국이라는 나라가 왜 이런 정신줄 놓은 짓을 하는지 도대체 이해가 안 간다.

대한민국 정부는 외국 여성이면 이혼을 했건 안 했건 무조건 무료 변론을 국가가 맡아서 지원을 하는 반면, 자국민 남성은 빚을 내거나 그것도 못 되는 형편이면 나 홀로 소송을 벌여야 한다. 입법을 하는 국회는 법률구조공단이 있지 않느냐고 반문할 수 있다. 그러나 현실적으로 법률구조공단의 도움을 받으려면 여러 가지의 까다로운 조건이 붙는다. 외국인은 조건 없이 도움을 받는 반면 내국인 남성들은 대부분 조건에 맞지 않아 도움을 받을 수 없다. 이런 실정이므로 대한민국은 자국민 인권을 개떡같이 취급하면서 외국인에게만 비굴하게 아첨하는 행정을 펴고 있는 것이다. 인간이 가장 가증스러운 게 위선자다. 제 가족인 처자식을 개 패듯 때려잡으면서 밖에 나가서는 점잖은 체 위선을 떠는 인간이야말로 가장 가증스러운 것이다. 국가는 이래서는 안 되는 것이다. 미국처럼 자국민을 위해서는 지구 끝까지 쫓아가서 응징하는 모습을 보이는 게 진짜 나라다운 나라다. 겉멋이 들어간 나라는 위선이다. 위선보다는 위악이 훨씬 나은 것이다.

자국민이 역차별을 받는 나라는 대한민국 말고는 세계 어느 나라에도 없다. 외국인에 대하여 무조건 무료 변론을 해주려면 차라리 자국민도 무조건 무료 변론을 해주어도 나라의 주인의 국민 입장에서는 서운할 수 있다. 우리가 낸 세금이 외국인을 위해 쓰여지다니! 본질은 하나도 어렵지 않고 간명하다. 국가의 적은 외국이라는 게 본질이다. 외국이 없다면 군대와 국방이 왜 필요한가? 그것이 본질이다. 개코도 모르고 탁상행정만 펴는 인간들이 행정고시를 하고 법률가가 되어 국가의 요직을 차고 앉아 그런 짓을 하는 것이다. 한 번이라도 나타나 현장이 어떻게 돌아가고 있는지를 봐야 하는데 고급 공무원들이 현장에는 절대로 안 나타나는 것이다. 현장에 버젓이 답이 있는데도 말이다. 국민 대중은 어리석은 것도 맞지만 끝에 가면 언제나 현명했다는 것을 역사가 증명한다. 다행히 새 정부는 여성가족부를 없애겠다고는 한다만, 기왕에 있는 것을 없앤다는 것은 기득권자들의 반발로 여러 가지 어려움은 따를 것이다. 하지만 반드시 여성가족부는 대한민국에서 아웃해야만 한다.

외국인 여성도 한국인 남성과 결혼하여 아이를 낳고 성실하게 가정을 이루면 굳이 차별할 이유도 없고 또 그 여성도 조만간 한국의 시민권을 취득하게 되면 곧 한국인이다. 그러므로 외국인 여성 인권을 보장하는 것도 결국 미래의 자국민을 위한 것이 된다. 그러므로 요는 국가가 시행하는 모든 행위나 정책은 자국민을 위한 것이 되어야 한다는 데 방점이 찍히는 것이다. 설사 완전한 외국인일지라도 인권에 관한한 호혜적이고 평등하면 그만이다. 우리 국민은 그 나라에 가면 총 맞아 죽는 게 다반사다. 1년에 유무상으로 원조를 하는 그런 후진국 나라에 왜 우리가 뭐 주고 뺨 맞는 것처럼 권리를 당당히 주장하지 못하는지 모르겠다. 그저 외국인이라면 벌벌 기는 아첨꾼 모습의 한국은 변해야 한다.

동남아 여성 등은 코리안 드림을 이루기 위해 한국의 결혼 제도를 교묘하게 이용하는 경우가 많다. 만약 한국에 들어오고 나서 단기간에 이혼을 했다든지, 따로 의심할 여지가 있다면 국가가 앞장서서 지원을 해서는 안 된다. 그러나 현실은 이러한 외국인 여성들을 무료 변론까지 무조건 도맡아주는 것이다. 한쪽이 좋으면 그 반대쪽은 반드시 나쁘다. 외국인이 좋으면 자국민은 반드시 피해를 본다. 그 결과 외국인 여성들은 각종 고소 고발을 마구 남발한다. 자기 돈이 한 푼도 안 들기 때문이다. 외국인 여성도 자비로 소송을 할 경우라야 소송에 앞서서 승소 가능성도 따질 것이고 매우 신중해질 것이 당연하다. 패소할 경우 금전적 피해를 모두 책임져야 하기 때문이다. 그러나 승소를 하든 패소를 하든 무조건 대한민국 국가가 책임을 지고 공짜로 해준다는 데 문제가 많다. 그 결과 상대방인 한국인 남성은 생업까지 포기하면서 사건에 매달려 삶을 망치는 경우가 허다하다. 대한민국 정부는 정신 차리고 이 부분을 바로 잡지 않으면 정말로 미친 짓을 하는 것이다.

혼인을 이유로 한국행 비자를 발급받았고 비자의 원인인 혼인관계가 끝나버렸다면, 한국 체류 비자를 취소하는 것이 인과관계에 맞는 상식이다. 한국 체류의 목적과 원인이 결혼 생활인데 그 체류의 목적과 원인이 되는 결혼의 실체가 사라져버렸다면 당연히 체류 비자도 무효화시키는 게 인과법칙상 맞는 것이다. 그러나 대한민국은 이런 외국인 여성들을 한국에 계속 머물 수 있게 하고, 그것도 모자라 이들이 자국민을 상대로 벌이는 부당한 법률 지원을 무조건 무료로 국가가 나서서 제공해준다는 데 문제가 많다. 법무부는 무법부가 아니다. 정신 좀 차려야 한다.

그러므로 국가가 한국 체류 외국 여성들에게 인권을 내세우며 무료 변론까지 맡아서 해줄 때는 무조건적으로 팔을 걷어붙이고 나서면 안 된다. 조건과 규정을 엄격하게 만들어야 하고 선별적으로 지원을 하되 일정 조건이 맞지 않으면 무료 변론을 자처하고 나서는 일은 절대로 안 된다. 법률구조공단에서 자국민들에게 내세우는 까다로운 조건과 비슷한 조건을 외국 여성에게도 내세우는 것이 내국인 남성 역차별을 막는 것임을 똑바로 알아야 한다. 어떤 경우도 자국민이 자국의 국가에서 역차별을 받는 일은 있어서는 안 된다. 도대체 국가가 왜 만들어진 건가? 그것이 본질이다. 여성가족부라는 행정기관은 무슨 짓을 하는 줄도 모르고 공무원들은 열심히 일을 한다. 좋은 일을 열심히 해야지 강도 짓이나 도적질을 열심히 하는 것은 공동체 사회에서 매우 나쁜 영향을 미친다.

대한민국 국민은 필리핀 같은 나라에 여행을 갔다가도 야생 멧돼지처럼 총 맞아 죽는 일이 허다하고 또 이러한 사건이 심심찮게 방송 뉴스에도 보도된다. 한국인은 필리핀에서 돈을 빼앗기거나 얻어터지는 폭행을 당해도 필리핀 수사기관은 지방으로 갈수록 고소조차 잘 안 받아준다. 그렇게 자국민은 그들 국가에서 개만도 못하게 인권이 짓밟히고 있는데도 상대주의는커녕 외국인 천국을 못 만들어줘서 환장한 모습을 보이는 게 지금의 대한민국의 현주소다. 실제로 대한민국 국민이 필리핀인에게 피해를 입고 고소를 하러 바랑가이(Barangay)를 찾아갔다가는 되레 얻어터지고 오는 경우를 나는 선교 생활에서 흔하게 보아왔다. 필리핀인에게 집단 폭행을 당하여 고소를 하고 나선 한국인을 되레 가해자로 둔갑시키는 필리핀 국립 경찰이나 검사의 행태도 나는 선교 생활을 하는 과정에서 보아왔다. 실정이 이런데도 대한민국은 필리핀인들이 자국에서도 누리지 못하는 인권의 천국을, 자국민을 희생시키면서까지 만들어서 보장해주고 있는 것이다.

작금 한국의 발전과 국제적 위상으로 볼 때 외국인을 차별하는 일이 있어서는 안 된다. 그러나 적어도 행정은 공정하고 공평해야 한다. 지금처럼 외국인을 우대하고 자국민을 역차별하는 제도는 국가의 본래 목적을 현저하게 위반하는, 대국민 범죄행위에 해당한다. 상대국에서 겪는 자국민의 인권의 비참함을 똑바로 직시하고 상대주의까지는 아니더라도 최소한 자국민의 인권이 역차별받는 일이 없도록 지금이라도 행정을 바로 펼치는 것이 옳다.

백 번을 곱씹어 한국이 겉멋이 들었든 말든 인권 국가라 치자. 그러면 우리 자국민의 인권은 왜 외국인에 비해 차별하는가 하고 되묻게 되는 것이다. 나라가 이 꼴로 된 데는 법무부의 외국인 정책에도 문제가 많다. 그러나 더 큰 문제는 여성가족부다. 무분별하게 난립한 시민단체는 있어도 자국민을 위하는 시민단체는 눈을 닦고 봐도 없다. 그러한 시민단체의 인허가와 국가의 예산을 마구 퍼주는 지원도 여성가족부다. 국가의 행정기관인 여성가족부가 저지르는 패악이 실로 이만저만이 아니다.

한 사람의 이기적인 정치꾼이 만든 여성가족부는 말없고 힘없는 우리 사회의 산업 현장에서 일하는 언더그라운드(underground)들을 그만 절망에 빠뜨리고 만다. 여성가족부는 아웃하는 게 정답이다.

# 임금님 귀는 당나귀 귀

공무원을 따로 떼서 나라의 주인이라고 말할 수는 없지만 실제로 나라는 공직자들에 의해 좌지우지된다. 귀국을 위한 비행기표를 예매한 뒤 대사관에 전화를 걸었다. 관공서로 전화 한다는 건 여간한 인내심을 가지고는 어렵다. 매번 통화 중이거나 어떤 곳은 아예 전화기를 내려놨는지 매번 뚜뚜뚜 하는 것으로 끝이다.

코비드-19 팬데믹은 국제 사회가 겪은 미증유의 초대형 사건이다. 이러한 상황 아래서 어느 정도의 상식을 가진 사람이라면 국가 간의 경계를 넘을 경우 비행기표 외에 지참해야 할 다른 서류가 있을 듯하다는 생각을 갖게 된다. 구체적으로 PCR까지는 몰라도 준비해야 할 모종의 서류가 있을 것이라는 짐작은 할 것이라는 말이다. 그래서 어렵게 대사관에 전화를 걸었던 것이다.

외국 생활을 해본 경험이 있는 사람이라면 특히 외국 공항을 나갈 때는 매우 신중을 기해야 한다는 사실쯤은 누구나 다 잘 안다. 여차하면 비행기를 탈 수 없는 문제가 발생하기 때문이다. 그러므로 비행기를 탈 때까지 묻고 또 묻고 확인을 해둘 필요가 있다. 아는 길도 물어가라고 했으니 모르는 걸 묻고 싶은 건 너무나 당연하다.

아침부터 계속 시도한 전화가 오후 네 시쯤에야 웬일로 신호가 갔다.
"여보세요?"
그럴 리는 없겠지만 자다가 받는 듯한 남자의 목소리였다. 남자의 목소리는 전에도 통화를 한 기억이 있었다. 최근 들어서 대한민국의 공직자들도 목소리가 많이 상냥하고 친절해져 있었지만 재외 공관의 직원들은 여전히 권위적인 목소리였다.
"아, 대사관이죠? 전화 상태가 영 안 좋네요. 들렸다가 안 들렸다가. 장소를 잠깐 딴 곳으로 옮겨볼게요."
"괜찮습니다. 이쪽은 잘 들립니다. 무슨 일로 전화했습니까?"
짐작과는 다르게 남자는 짜증은 내지 않았다. 이 나라는 통신 인프라가 좋지 않아 전화 상태는 늘 이 모양이었다. 꼭 70년대쯤 대한민국 군대서나 쓰던 이이팔(EE-8)인가 하는 전화기 목소리 같았다.

"출발 당일 공항으로 갈 때 비행기표 말고 혹시 다른 서류도 지참할 것이 있지 않나 해서 문의 전화를 드렸습니다."

"본국에서 관련한 별도의 훈령이 없었습니다."

"아, 그래요? 그럼 신경 쓸 거 없이 평소처럼 비행기표만 가지고 공항으로 나가면 되는 거네요?"

"네."

나중을 생각해서 상담 공무원의 이름을 묻고 싶었다. 대놓고 이름을 물으면 대부분의 공무원들이 싫어하는 기색이므로 직접 물어보는 대신 우회적으로 질문을 했다.

"영사님이세요?"

"아닙니다, 직원입니다."

상담자는 끝까지 이름을 대지 않고 그냥 직원이라고만 말했다. 직원인 줄을 어느 바보가 모를까? 그럼 대사관 직원 아닌 사람이 전화 받는 경우도 있다는 말인가? 그는 하나마나한 대답을 했다. 하지만 전화가 처음 연결될 때 "이 전화는 녹음이 될 수 있습니다"라는 녹음 안내가 있었기 때문에 굳이 이름을 따져 묻지 않아도 차후에는 알 수 있겠다 싶어 가벼운 마음으로 안심하고 전화를 끊었다.


출국 당일 택시를 대절해 공항으로 갔다. 공항에는 마스크를 쓴 사람들이 2미터 간격으로 떨어져서 길게 줄을 서 있었다. 약 30분이 지나 차례가 되어 시큐리티 가드(security guard) 앞에 다가섰다. 시큐리티 가드는 생전 듣도 보도 못한 PCR 서류를 보자고 했다. 그런 건 없고 가진 건 비행기표밖에 없다고 하자 시큐리티 가드는 골치 아프다는 표정을 지으며 다음 사람을 위해 나를 줄 바깥쪽으로 비켜서게 했다.

생긴 모습도 갖가지인 외국인들이 힐끔힐끔 이상하다는 듯 내 모습을 쳐다보며 지나갔다. 그러길 세 시간, 이러다 비행기를 못 타게 되지는 않을까 불안한 마음이 일기 시작했다. 시큐리티 가드에게 매달리다시피 하여 항공사 매니저를 불러달라고 떼를 썼다. 불안해하는 것이 안돼 보였던지 시큐리티 가드는 다른 직원에게 항공사 매니저를 불러오라고 했다.

항공사 매니저의 도움으로 출발 시간 직전에 가서야 겨우 비행기를 탈 수 있었다. 아침에 커피 한잔을 마시고 아무것도 먹지 않았지만 워낙 긴장하고 스트레스를 많이 받은 탓에 전혀 배고픈 줄도 몰랐다. 비행기에 오르자 시장기가 한꺼번에 몰려왔다. 비행기 안에서는 코비드-19 탓인지 먹을 것을 팔지도 않고 일체의 서비스가 중단되고 있었다. 비행기 안의 고립된 공간에서 배고픔을 견디는 시간이 지옥처럼 느껴졌다.

그런 상태로 인천공항에 도착하니 여기서도 PCR을 요구하였다. PCR이 없다고 말하자, 그것이 있으면 집으로 가서 자가 격리가 가능하지만 없는 경우는 국가 강제 격리 시설에 14일간 수용되어야 한다는 규정을 알려주면서 호송 경찰에게 나를 인계했다. 뉴스에서 보도되는 범죄자 호송하는 장면처럼 나는 그런 모습으로 초라하게 경찰관의 호송차를 타고 국가 강제 격리 시설에 격리당하게 되었다.

하필 휴대폰까지 고장 나 있어서 14일 동안 바다 한가운데 떠 있는 무인도처럼 고립된 상태로 격리되었을 땐 나쁜 국가는 이러다 쥐도 새도 모르게 사람을 죽일 수도 있겠구나 싶었다. 마치 평양의 어느 한 지역에 억류된 느낌이었다.

민원 공무원의 잘못으로 강제로 격리당하는 것도 억울해 죽을 맛인데 거기다 대고 격리 시설에 있는 동안 먹고 싸는 비용 165만 원을 더 내놓으라고 요구했다. 순순히 지불하지 않으면 나중에 별도의 구상권을 행사하겠다는 엄포도 뒤따른다. 대사관 상담 공무원의 책임이라고 아무리 떠들어봐야 입만 아프지 콧방귀도 뀌지 않았다.

전직 대통령이 감옥에 갇힌 분명한 이유를 나는 아직 잘 모른다. 또 다른 전직 대통령의 선산이 국세청에 의해 압류됐다는 소식이다. 대기업의 실질적 회장은 구속당하는 수모를 겪으면서도 눈치가 빤해 알아서 기는 모습이다. 거액의 상속세도 모자라 국보급을 포함한 수만 점의 고가 그림을 국가에 헌납했다고 한다. 포괄적 뇌물죄라면 이런 것도 그에 해당하지 않으리란 근거는 무엇인지 모르겠다.

국가는 마음만 먹으면 무엇이든 다 할 수 있다는 것을 실감한 게 강제 격리 14일 동안 겪은 감정의 소회다. 안 다치고 싶으면 알아서 기면 되고, 그게 싫으면 계란으로 바위를 치든지 떠들어보든지 마음대로 하라는 식이 공무원의 자세다.

권력 앞에 버티고 나설 민초는 없다. 살자는 마음에 백신을 맞고 죽어도 기저질환이 사망의 원인이라고 발표하면 그만이다. 말 못 하고 죽은 귀신 하나 없다는 사실을 보여주는 듯 말도 참 잘하는 게 국가고 국가 공무원이다.

돈이 곧 힘인 세상이다. 그런데 국가보다 더 많은 돈을 가진 국민이 있느냐 하면 단연코 없다. 그러므로 백날 계란으로 바위치기다. 억울해도 입을 닫고 살아야 덜 나쁜 놈 된다. 말 많으면 역으로 나쁜 놈 되기 딱 좋은 세상이 지금의 대한민국 같다. 내로남불, 지들은 말도 못 되는 말을 더 많이 하면서 말이다. 그러면서 국민들 보고는 군소리 말고 가만히 돈이나 내고 입 처 다물라고 한다.

격리 기간이 끝나고 검사 결과 음성 판정을 받고 교도소를 빠져나오는 죄수처럼 풀려났다. 그길로 제일 먼저 휴대폰 매장을 찾았다. 망가져 못 쓰게 된 휴대폰을 버리고 새 휴대폰으로 바꾸는 일이 무엇보다 급했다. 그리고는 어마무시한 대검찰청에 SNS를 통해 말 많은 고소장을 보냈다. 어마무시한 대검찰청은 헌법 제29조 1항을 근거로 공직자를 처벌하는 법 규정이 없다는 답변을 보내 왔다.

대사관 직원도 대검찰청도 공무원 신분이다. 공무원에게 공무원을 처벌해달라고 하는 게 이 나라에서 가능한 것인지 바보같은 짓을 한 것만 같아 또 한 번의 자책으로 죄 없는 가슴만 한 대 쥐어박는다. 말없이 조용하게 입 다물고만 살아야 국민된 도리를 다하는 건데 눈치 코치도 없이 어디서 고소질인가 말이다. 제살 못 깎아내고 맨날 약하고 죄 없는 국민만 나무라는 검찰이 작금의 대한민국의 민낯 같다는 생각이다.

코비드-19를 핑계삼아 쥐도 새도 모르게 주검이 되지 않고 살아남은 것으로 국가에 감사할 일이지, 또 말, "그놈의 많은 말을 또 마구 쏟아낼 것이냐?" 하는 소리가 어디서 환청처럼 귓전을 때리는 것 같다.

젠장, 그래도 임금님의 귀는 당나귀 귀다.

# 아메바

엿가락처럼 늘어지게 자고 났더니 오후 3시다. 12시도 아니고 오후 6시도 아닌 어중간한 시간이다. 저녁을 먹을 수도 없고 점심을 먹자니 저녁이 부담스러울 것 같다. 그렇다고 이대로 계속 드러누워 있자니 허리도 아프고 목도 불편하다. 밖에는 비가 내리고 있어서 딱히 할 일도 생각나지 않는다.

티비라도 한번 켜볼까? 티비를 좋아하는 것은 아니다. 간간히 세상 돌아가는 뉴스가 궁금하긴 한데 볼 때마다 기분을 잡친다. 페이스북에 올라오는 글들을 종합해보면 세상 돌아가는 뉴스는 어느 정도 채워진다. 아니, 그게 방송을 통해 전달되는 뉴스보다 더 정확하다.

편향성 짙은 논객들, 특정 지역 출신 교수, 평론가라는 인간들이 나와서 노골적으로 떠들어대는 낮 두꺼운 뻔한 소릴 뭐하러 듣는다는 말인가? 연예인들 또는 자주 출연하는 가수들이 전부 특정 지역 출신 사람들로 채워진 것도 정권이 바뀌고 나서부터다.

티비가 정치의 홍위병 노릇을 하는 것은 정말 역겹다. 그러면 볼 것이 뭐가 있나? 하지만 외부와 연결되는 창은 TV밖에 없다. 어중간한 시간에 TV말고 또 무엇을 볼까. 습관적으로 리모컨을 눌러보지만 고정시킬 만한 채널이 없다. 1번에서 510번까지 죽 눌러보기로 한다. 9번과 11번은 보나마나다. 그냥 뛰어넘는다. 채널이 넘어가는 순간 어디선가 트롯 여가수의 노랫소리가 얼핏 귀에 들린다.

찾아보니 장윤정의 목소리다. 엄마와 소송을 벌였다는 그 여가수, 그러나 노래 하나만은 정말 간드러지게 잘도 부른다. 신의 목소리 같다. 장윤정의 노래가 끝나자 남자 가수가 나타난다. 아, 보기 싫다. 아무 의미도 없는 가사도 맘에 안 들고 나이 든 남자가 의미 없는 가사로 몸을 흔들며 노래를 부르는 모양은 더 싫다. 못 볼 것을 본 것처럼 채널을 얼른 돌린다. 그러다 다시 되돌아와보니 남자가수 노래가 거의 끝나가고 있었다. 다음 차례는 어느 가수일까? 뒤이어 홍 아무개라는 신인 여가수가 등장한다.

홍 아무개 여가수는 윗입술이 좀 부담스럽다. 윗입술이 조금 짧아 보이기는 한다. 특히 웃을 때는 본인도 좀 어색해하는 것 같다. 번번이 손을 가져가 습관적으로 입을 가렸다. 콤플렉스를 갖고 있는 모양이다. 손으로 입을 가리는 것보다 그 나이에는 그냥 생긴 대로 자연스러운 모습이 좋으련만 정작 본인은 그렇게 생각하지 않는 모양이다. 본인이 그 모양이니 보는 사람도 부담스러워 더 이상은 못 봐주겠다.

어중간한 시간만큼 따분한 것은 없다. 티비를 끄고 벌떡 자리에서 일어나 창문 앞으로 간다. 창문을 조금 열자 차가운 빗방울 몇 개가 싸늘한 바람에 실려 얼굴에 확 달려든다. 쏜 화살이 얼굴을 향해 확 달려드는 느낌이다.

부추를 좀 뜯어 와야 저녁 먹을 준비를 할 것 같은데 빗방울이 굵다. 그러나 저녁까지는 아직 시간이 많이 남아 있다. 그사이 잠시 비가 그칠지도 모른다. 하지만 부추야 오늘 저녁에 안 먹으면 안 된다는 법은 없다. 있으면 먹고, 없으면 안 먹으면 그만이다. 그렇게 생각을 가져야 영혼이 자유롭다. 무엇을 정해놓고 그것을 마음속에 기억하고 있는 만큼 부담이 가는 것도 없다. 무슨 말인가 하면 영혼을 자유롭게 갖는 것이 부추를 먹는 것보다 훨씬 중요한 일이라는 것을 말하고 싶은 것이다.

산중에서의 생활이란 어중간한 자투리 시간이 가을에 마치 밤나무 아래 마구 떨어져 있는 알밤처럼 많다. 그 많은 어중간한 시간을 의미 있는 시간으로 얼른 바꾸어주지 않으면 돼지처럼 게을러지고 만다.

어중간한 시간이란 꼭 부정적인 것만은 아니다. 어중간한 시간을 통해 영혼을 살찌게 하고 육체와 영혼의 언발란스(unbalance)를 조화롭게도 한다. 헤어진 옛 아내에 대한 미안한 생각, 자식을 잘못 키운 생각, 충분히 베풀지 못한 사랑 등 많고 많은 자성과 성찰의 시간을 갖게 되는 것이다. 이러한 생각의 편린들은 그 사람들을 위한 것이 아니다. 자성과 성찰인 만큼 결국 자신을 위한 것이다.

다시 한번 옛 아내와 같은 아름다운 여자를 만난다면, 그 여자의 몸에서 자식이 태어난다면, 더없이 잘해주고 큰 사랑으로 잘 키울 수 있을 것 같다. 하지만 삶에는 연습이란 없다. 잘됐으면 잘됐고 못됐으면 못된 대로 그저 강물처럼 유유히 흘러가는 것이다.

만약 우리의 삶에 연습이 있다면 인간의 삶은 완벽한 모습이 될지 모른다. 그렇게 되면 인간은 더 이상 슬프지 않고 눈물은 아주 필요가 없게 될 것이다. 비극이 실종되고 마는 것이다. 하지만 비극이 없으면 희극도 없다. 희로애락에서 '로애'가 없어지게 되면 가슴 벅차고 뛰는 텐션(tension)이 없어지게 되는 것 아닌가? 텐션이 없고 반전이 없는 삶이 무슨 의미가 있다는 말인가? 고생 끝에 영광이라는 반전이 있고 부귀영화 끝에 거지가 되는 몰락이 있어야 인간 삶이라는 게 극적인 매력이 넘치는 것이다.

삶은 늘 실수와 실패를 거듭하고 허방을 짚게 되는 것 같아도 절망하지 않고 희망을 버리지만 않으면 언젠가는 승리의 시간을 안겨준다. 잔인한 운명이 가루처럼 잘게 부수고 파괴해도 결코 굴복하지 않는다는 꼿꼿한 정신 하나만 있으면 된다. 총을 든 강도가 나타나 심장에 총알을 박아 넣은 것은 운명일 수 있다. 하지만 그 죽음이 두렵다고 굴복할 필요는 없는 것이다.

술에 취해 한쪽 길모퉁이에서 비틀거리고 휘청거리는 우스꽝스러운 모습은 자신에 대한 굴복이다. 극단적으로 말하면 술도 마약의 일종이다. 그렇게 생각할 줄 아는 것이 정신이 건강하고 올바른 것이다.

무릎이 깨어져 선혈을 뚝뚝 흘리면서도 다시 일어나 뛰는 것이 굴복하지 않는 삶의 모습이다. 뒤돌아서 흘린 핏자국을 바라보는 것은 무의미하다. 앞만 보고 달려나가야 한다. 설사 뛰다 넘어져 영원히 일어날 수 없다 해도 그것은 피괴된 것일 뿐 굴복이나 패배는 아니다.

불치의 암에서 투병 중일지라도 쓰러지지 말자. 그렇게 되면 패배하는 것이고 굴복하는 것이 된다. 운명 앞에서 육체가 파괴되지 않을 것은 아무것도 없다. 제발 살려달라고 애원하고 매달리지 말자. 추하기만 할 뿐이다. 이활란 박사처럼 기쁘게 찬송가를 불러달라고 하면서 기쁘게 가는 것이다. 그러한 모습이 잔인한 운명 앞에서도 굴복하지 않는 진정한 승자의 모습이다.

단장을 끊어내는 슬픔은 살아남은 가족들의 몫일 뿐 떠나는 자는 끝까지 굴복하지 않고 패배하지 않는 정신 승리의 나팔을 불 수 있어야 한다. 대표적인 사람이 바로 그리스도다. 육체가 어디에 머물든 그것은 운명을 피할 수 없다. 그러나 정신만은 그 누구도 침범할 수 없는 자신만의 영역인 것이다.

정신을 살찌우는 시간은 이러한 어중간한 시간을 얼마나 의미 있게 잘 활용하느냐. 티비와는 친하지 않는 것이 좋다. 휴대폰도 마찬가지다. 요즘 사람들의 문제는 눈알이 빠지도록 휴대폰을 들여다보는 것이다. 알록달록한 것은 자신을 굴복케 하고 패배케 하는 유혹의 빛이다. 어부의 미끼 같은 것이다. 인생의 도처에 얼마든지 무수한 낚시가 드리워져 있다. 여차하면 낚이는 판이다. 온전한 자신만의 정신을 지켜나가는 것은 어중간한 시간을 의미 있는 시간으로 대체하는 것이다.

시간에 있어서 어중간한 시간이란 원래 없는 것이다. 어중간한 시간이라고 생각되면 접어놓은 책장을 다시 펴서 읽거나 짧은 몇 문장이라도 좋으니 글을 한번 써보라. 그만큼 영혼에 토실토실 살이 붙는 것을 금방 느낄 것이다.

제아무리 바쁘다고 해도 어중간한 시간은 널려 있다. 그 시간을 잘 활용하여 인간의 모순된 육체와 불굴의 정신과의 괴리에 대한 조화를 단 한 번이라도 좋으니 느껴보자.

오늘 같은 날 이 어중간한 시간을 통해 자웅동체의 아메바처럼 영과 육이 교합하고 교미하는 의미 있는 시간에 충만한 오르가즘을 느껴보자.

# 고라니

밤새 어둠과 추위에 떨었던 나무와 숲을 덥히기 위해 아침 햇살이 눈부시게 내리쬔다. 숲 사이사이 빈 공간까지도 햇살은 송곳처럼 찌른다. 습기 찬 차가운 숲속에서 밤새 떨었을 고라니 두 마리가 숲을 벗어나 그중 한 마리는 도로 위에서 폴짝거린다. 아침 운동으로 몸에 열을 내고 있는 모양이다.

저만치 하얀색 승용차 한 대가 달려오고 있다. 귀 밝은 고라니가 어느새 차가 달려오는 소리를 감지한 모양이다. 차가 가까이 오기 전에 고라니는 단번에 아스팔트를 박차고 가드레일을 홀쩍 뛰어넘는다. 칡넝쿨과 가시들이 족히 1미터 이상이나 높은 숲쯤 고라니는 아랑곳없다. 사냥개를 풀어놓아도 고라니를 따라잡기는 어렵다. 고라니는 개가 따라올 수 없는 거친 숲길로 유유히 사라질 수 있기 때문이다.

멧돼지도 마찬가지다. 사냥개는 멧돼지를 쫓기는 하지만 잘 잡지는 못한다. 개는 멧돼지의 적수가 못 된다. 하지만 멧돼지가 달아날 수 없도록 앞길은 얼마든지 막을 수 있다. 개는 무리를 만들어 그물처럼 멧돼지를 에워싸고 나사처럼 점점 조여 나갈 수는 있다. 멧돼지는 필사적으로 개를 공격해보지만 개는 멧돼지가 공격해오면 달아나고 물러서면 또 공격한다. 집요한 게 개다.

멧돼지는 개의 수백 배 힘을 가졌지만 지겹도록 성가신 게 개다. 개미 떼가 사람에게 달려들면 사람은 어쩔 수 없이 도망가야 한다. 사람은 개미의 수백, 아니 수천, 수만, 수십만 배의 힘을 가졌지만 도망가는 게 상책인 것처럼 멧돼지도 그렇다. 하지만 개미는 사람이 도망치는 것을 허용하지만 개는 멧돼지가 도망치는 것을 절대로 허용하지 않는다. 만약 개에게 주인이라는 사람이 없다면 멧돼지가 도망치는 것을 허용할 수밖에 없을지도 모른다. 끝까지 가봐야 개에게 멧돼지를 물고 달려들 기회는 주어지지 않는다. 오히려 개가 멧돼지 주둥이 뿔의 공격을 받게 되는 경우 배가 찢어져 미끄러운 창자를 대책 없이 줄줄 땅바닥에 흘리며 조용히 물러나 영면에 드는 것을 볼 수 있다.

그럼에도 불구하고 개는 끝까지 포기하지 않고 계속 짖어대면서 멧돼지의 도주로를 차단한다. 그렇게 하고 있으면 주인인 사람이 개들이 짖는 소리를 듣고 총을 들고 나타날 것을 알기 때문이다. 사람이 신의 능력을 가졌다는 것을 개들은 잘 안다. 그러므로 절대적으로 사람을 주인으로 섬기고 복종한다. 개가 사나운 이빨로 인간을 공격하게 되면 인간이 얼마나 무기력한 존재인지 개는 안다. 하지만 개는 주인인 사람을 공격하지 않는다. 인간은 무기력한 동시에 불멸의 존재라는 것을 잘 알기 때문이다.

돌같이 단단한 멧돼지도 주인인 사람이 탕탕탕, 몇 발의 총성으로 별 힘 안 들이고 조용히 잠재워버리는 게 인간이다. 개처럼 빨리 달리지도 못하면서 번쩍번쩍 빛이 나는 자동차를 몰아 자신들인 개보다 수백 배쯤 빨리 어딘가 목적지에 가 닿는다는 경이적인 사실을 잘 알기에 인간을 절대적으로 섬기며 복종하고 존경한다.

개는 전장에서 전우의 치명적 상처나 죽음을 슬퍼하거나 돌보는 데 시간을 낭비하지 않는다. 죽거나 말거나 냉정하게 내버려둔 채 오로지 멧돼지라는 목표물을 놓치지 않고 공격할 뿐이다. 그렇게 하지 않으면 자기 자신이 위태로워질 것이며 주인으로부터 보상도 없을 것이라는 것을 잘 안다.

멧돼지는 개만큼 성가신 게 없다. 그저 개를 피해 달아나고 싶은 것
뿐이다. 개는 달아나면서 짖고, 달려들면서 짖고 하여 시끄럽게 굴면
서 주인인 사람이 나타날 시간을 벌어주는 것이다. 멧돼지는 인간이
제일 두려운 존재라는 것을 안다. 그러면서 또 총을 안 가진 인간은
정물처럼 더없이 무기력한 존재라는 것도 안다. 낫이나 곡괭이를 가진
농부를 멧돼지가 아무 두려움 없이 공격하는 이유다.

멧돼지는 총알을 한두 방 맞고는 잘 쓰러지지 않는다. 세네 번쯤 총
알이 몸에 박혀도 견딘다. 그러나 총알이 급소를 뚫으면 그제서야 억
울하고 분하다며, 더 이상 못 참고 푹 쓰러지는 것이다. 멧돼지가 쓰
러지는 순간 그때까지 요란하게 숲을 뒤흔들던 개들의 짖음도 조용해
지며 주인에게 꼬리를 살살 흔들며 아첨을 떤다. 개들은 죽은 멧돼지
고기를 먹으려고 달려들거나 군침을 흘리지 않는다. 근처를 빙빙 돌
며 킁킁 냄새만 맡을 뿐, 오로지 주인이 던져주는 몇 점의 먹을 것에
만 관심을 갖는다.

숲속으로 사라진 고라니 한 마리는 끝내 모습을 보이지 않는다. 남은
고라니 한 마리는 가드레일을 훌쩍 뛰어넘을 엄두가 안 나는지 안절
부절하다가, 달려오는 자동차가 나타나기 전에 가드레일 아래쪽이 끊
어진 부분을 발견하고는 그곳을 통해 반대편 숲속으로 사라진다. 젊
음이 빠져나간 늙은 고라니인가 보다. 어쩌면 먼저 달아난 녀석의 어

미 고라니인지도 모른다.

두 마리의 고라니는 그렇게 서로 갈 길의 방향이 엇갈리고 만다. 인간 관계도 인간의 운명도 모두 그와 같은 것인지 모르겠다. 한 몸처럼 영원히 곁에 붙어 있을 것 같았던 사람도 어느 날 고라니처럼 그렇게 사라지는 것이다. 천륜을 가졌다는 자식까지 그런지도 모르겠다. 슬픈 일이다. 인생이란 결국 혼자하는 여행이라는 것을 고라니를 통해 더욱 실감한다.

# 꿍세대

대부분의 사람들은 있을 땐 그것이 귀한 걸 잘 모른다. 돈이 있을 땐 없는 절박함을 잘 모른다. 알아 봐야 그저 희미하게 이론적으로만 안다. 사랑도 있을 땐 그 가치를 잘 모르는 건 마찬가지다. 없어지고 나야 가치를 깨닫게 된다. '있을 때 잘해'라는 대중가요 가사도 그래서 만들어진 것 같다. 말썽 부리는 자식도 있을 때 얘기지, 없으면 이것도 저것도 아닌 그저 맹탕이다.

돈을 흥청망청 막 쓰고 과소비를 일삼는 사람들은 돈이 없어 쫄쫄 굶어봐야 그때 뿌린 돈이 보물 그 이상인 줄을 안다. 사람을 함부로 막 대하던 사람들도 외톨이가 되어보면 사람이 귀한 줄 알게 되고 사랑이라는 것도 다 사람들 속에서 나오는 것임을 안다. 그러고 보면 없고 가난해지는 것만큼 최고의 스승은 없는 것 같다.

소크라테스가 철학자가 될 수 있었던 것도 가난과 궁핍, 고독이라는 스승이 있었기에 가능했을 것이다. 배부른 돼지는 잠만 잘 줄 알지 다른 것을 할 수 없다. 배부른 인간이 되면 배부른 돼지가 될 가능성이 짙다. 인간은 배가 조금 고픈 듯해야 좋다. 음식도 소식을 하면 여러모로 좋다. 배터지게 먹는 것은 혀만 잠시 즐거운 것 빼고 나머지는 좋을 것이 하나도 없다. 그런데도 배터지게 먹는 사람들이 많다.

청담동에 가면 한 끼에 30만 원 하는 식당도 있다. 배부른 돼지만 그 집 손님이다. 1만 원짜리 식사만으로도 배불리는 데는 충분하다. 나머지 29만 원은 어려운 사람들을 위해 봉사하고 돕는 데 써야 한다는 가치를 죽어도 모른다. 자신들이 바로 배부른 돼지 꼴이라는 사실을 알면 부끄러워서라도 그런 식사는 하지 않을 것이다. 누구든지 배부른 돼지가 되고 싶으면 지금 당장 청담동으로 가서 한 끼 30만 원을 내고 배 터지게 식사를 할 것을 권한다.

인간의 삶이 일생 동안 순탄하지 않고 늘 결핍을 느끼게 되는 것도 나중에 풍요로운 생활과 직면하더라도 과거를 잊지 말고 잘 관리하라는 뜻이 포함돼 있다고 보는 것이 옳다. 하지만 인간들의 뇌는 과거를 잘 잊게 되는 구석이 있다. 좀 가지고 나면 없었을 때를 생각조차 못하고 거들먹거리는 것을 볼 수 있다. 개구리가 올챙이 적 생각 못 하는 것처럼 말이다.

주어진 새로운 환경에 잘 적응하며 살아야 하는 것도 맞다. 좀 가진 사람이 없었던 과거에 갇혀 노랭이 짓만 하면 그것도 대책 없다. 새로운 환경에서 과거의 틀을 못 벗어나면 그게 바로 꽉 막힌 꼰대 짓이다. 과거는 과거고 지금은 잘 나가는 그대로 수준에 맞게 적당하게 소비도 하고 봉사도 하면서 살아야 세상이 어느 정도 더불어 살게 된다.

요즘 세상 돌아가는 꼴을 가만히 보면 도무지 사람 사는 세상 같지 않다. 무슨무슨 브랜드네 하면서 운동화 한 켤레가, 그것도 중고인데 가격이 200만 원이고 티셔츠 하나에 100만 원, 200만 원 어쩌고저쩌고 하는 꼴이 가관이다. 그게 무슨 MZ세댄가라고 한다. 세대 좋아하고 트렌드 좋아한다. 내 눈에는 뇌가 없는 세대가 바로 MZ세대고, MZ세대가 바로 꿩세대로 보인다.

몸안 있고 뇌가 없는, 아니 뇌가 있는지 없는지는 몰라도 사람이 나타나 위험을 느끼면 대가리만 어디에다 쑤셔 박는 것이 꿩이다. 대가리는 미쳤다고 힘들게 쑤셔 박나, 박길? 그냥 편안하게 버티고 앉은 자리에서 눈만 감으면 될 걸 말이다.

2만 원짜리 운동화 100켤레를 가지고 매일 한 켤레씩 갈아 신는 게 200만 원짜리 유명 브랜드 운동화 귀찮게 빨아가며 줄창 신는 중고품보다 못하다는 말인가? 그래도 MZ세대들은 뭐든지 지들이 이 세상에서 제일 잘난 줄 안다. 대가리만 쑤셔 박는 꿩 귀에 대고 물어봐도 지들이 제일 잘나고 세상의 주인공은 자신들인 줄 알 것이 뻔하다. 장담하는데 대가리만 쑤셔 박고도 그게 무모하고 미친 짓인 줄은 절대 모른다는 것이다.

꿩의 행동을 비웃을 일만은 아니다. 사람도 꿩만 못한 사람, 꿩 같은 사람, 꿩보다 조금은 나은 사람, 그 사람들 속에서 적당히 이용해 먹는 영악한 정치인과 장사꾼만 있는 것도 아니다. 요즘 돌아가는 정치꾼들의 수준을 보면 그게 다 누구 탓인지 웬만큼 눈치가 없어도 다 안다. 꿩세대는 꿩 말고 보이는 것이 없다. 꿩의 대표가 설치는 세상이 다 됐다는 말이다. 꿩세대는 꿩만 보이지 나머지는 다 꼰대로 보일 뿐, 꿩세대가 바로 꼰대 짓을 다 하고 있다는 것을 전혀 눈치조차 못 챈다.

꽃 속에 들어가면 꽃은 아름다운 것이 아니라 삶 그 자체다. 꽃은 적당하게 떨어져서 바라볼 때 아름답다. 숲도 그 안에 머물면 끔찍하다. 멀리서 바라볼 때 숲은 아름답다. 사랑도 가까이 있을 때는 잘 모른다. 멀리 떨어져 있어야 애틋한 정도 생기고 그게 바로 사랑이다.

꿩세대는 30만 원짜리 식사를 하고 200만 원짜리 중고 운동화와 티셔츠를 입고 하는 짓은 이빠, 김빠, 박빠, 문빠, 이제는 또 윤빠! GR도 참 풍년이다. 꿩 대가리 속에서 나오는 게 그것밖에 더 있을까 싶다.

# 오해

삶의 불행은 모두 오해에서 비롯된다. 그래서 사람들은 행복한 경우보다 불행 속을 유영하는 경우가 많다. 아비규환의 비명 소리를 내지르는 사람들의 목소리는 때로는 법정에서, 정치의 현장에서. 또는 삶의 어느 곳에서도 오해 없이 자신의 진심을 알아달라고 목이 터져라 부르짖는 것이다. 하지만 그게 쉽사리 통하지 않는 게 인간 사회다. 당장의 이익이 서로의 눈앞에 놓여 있기 때문이다.

사람들은 제 나름대로 연기를 하면서 살아간다. 연기를 일용할 양식만큼이나 필요로 하는 게 또 인간이다. 뻔히 연기인 줄을 알면서도 사람들은 연기 잘하는 사람을 믿는 구석이 있다. 그러므로 사람들은 의심을 하면서도 오해를 진실로 받아들이는 경향이 있다. 그래서 반인권을 일삼는 사람이 버젓이 인권 변호사로 둔갑하기도 하는 것이다. 산은 산이고 물은 물이어야 하는데 산이 물이 되고 물이 산이 되는 경우가 허다한 것이 인간 사회다.

인간의 무대는 속임수의 경연장 같다. 모든 연사들은 '이래도 안 속아줄 거야? 이 정도면 속아 넘어가줄 테지'를 기대하면서 목에 피가 나도록 열심히 강연을 하고 떠드는 것이다. 남의 호주머니의 돈을 자신의 호주머니로 옮겨 오는 일에 오해면 어떻고 이해면 어떠냐? 그저 목적은 돈! 그 몹쓸 놈의 돈이다.

사랑에도 오해가 파도처럼 끊임없이 넘실댄다. '제발 오해 좀 하지 말아줘'를 입에 달고 울고불고 난리를 치는 것이다. 오해로 해가 뜨고 오해로 해가 지는 것이 사랑이고 삶이다. 오해가 없는 사랑은 질투가 없는 것이다. 질투가 마늘이나 고춧가루처럼 알맞게 들어가줘야 사랑이 제맛이다. 양념 없는 사랑은 밋밋해서 별 맛이 없다. 그래서 많이는 말고 적당한 오해는 필요하다. 오해 없는 세상은 긴장감이 없다. 오해가 있어야 이해도 있다. 오해가 없는 진실은 진실도 아니고 고루하며 따분할 뿐이다. 희로애락이 없는 사회는 오해가 없는 세상이다. 희로애락이 있어야 눈물도 있고 기쁨도 있다. 오해가 없으면 눈물도 없고 눈물이 없으면 기쁨도 없다.

그러나 오해가 양념을 벗어나 끊임없이 물결치면 가까웠던 사람들을 떠나게 한다. 오해는 불청객처럼 가만히 있어도 불가피하게 찾아오는 경향이 있다. 대개는 사람들의 입을 통해서다. 입은 밥 먹을 때나 키스할 때 빼놓고는 그다지 믿을 만한 것이 못 된다.

가까운 사람들을 떠나보내고 싶지 않으면 이해하라. 이해가 있어야 용서가 가능하다. 용서 없이는 스스로의 삶도 불행해질 수밖에 없다. 오해가 분노를 불러오고 분노는 가까웠던 사람들을 모두 떠나게 하며 결국 자신도 떠나고 죽는다. 살자고 온 세상이다. 서두르지 않아도 때가 되면 저절로 다 죽는다.

오해 없기 바란다.

# 평판

성선설도 있고 성악설도 있다. 제아무리 평판이 좋은 인간도 혼자 있을 때는 말도 안 되는 생각이나 공상을 할 때가 있고 또 이상한 짓도 할 때가 있다. 그럴 때 객관적인 입장에서 평판이 별로 안 좋은 사람들은 부끄러움을 전혀 못 느끼지만 반대로 평판이 좋다는 말을 듣는 사람들은 약간의 부끄러움을 느끼며 그런 자신을 아무도 눈치 못 챘으면 한다. 내로라하는 이름과 명예를 가졌다는 사람들도 사람들이 알아보지 못하는 곳에 가면 부정을 저지르고 매춘도 한다. 집에 가면 딸도 있고 아들도 있지만 밖에서는 딸 같은 아이들을 두고 변태처럼 이상한 짓을 하는 것이다. 그런 면에서는 성악설이 맞다. 인간은 모두 나쁘다고 보고 법을 만들어야지, 인간이 모두 좋다고 믿어버리면 법

제도가 빈약해지고 미비해지기 마련이다.

국회 청문회를 보면 우리 사회 고위 공직자들의 민낯이 훤히 들여다 보인다. 국회의원 정도가 되면 현실적으로 별로 아쉬울 것도 없을 것 같은데 청문회를 들여다보면 고위직이든 하위직이든 막론하고 전부 다 나쁜 인간들로만 보인다. 멀쩡하고 성한 인간이 보이지 않는다. 제 정신 가진 사람들이라고는 차라리 공사판에 일용직 인부들과 홍등가 의 창녀들이 더 나을 것 같다. 세종시의 공무원 아파트 특수 분양을 특혜 분양으로 교묘하게 해먹고, 선출직 공무원이 국가 예산을 사적 인 용도로 쓰고, 관용차와 운전기사를 마트에 물건 사러 가는 데 이 용하는 모습도 보인다. 우월적 지위를 이용하여 부하를 성추행하는 인간들은 정말 쎄고 쎘다. 그런 나쁜 인간들 가운데도 그간 친구들이 나 주변 사람들로부터 모두 평판이 좋았던 사람들이 많다. 평판이 좋 았던 사람들을 막상 유리 벽 앞에 세워놓고 보니 전부 선한 인간 모습 의 악마다. 인간은 제3자가 쳐다보고 지켜볼 때만 선한 존재다. 아무 도 쳐다보지 않으면 슬쩍, 슬쩍하는 게 인간이다. 그렇게 할 수 있는 자신의 능력에 묘한 스릴과 쾌감까지 느끼는 게 인간인 듯싶다.

인간의 핏속엔 정글 사회를 통과해온 DNA가 존재한다. 그러한 트라 우마를 가지고 있다. 무자비하고 비정한 정글 사회 말이다. 수단과 방 법을 가리지 않고 마지막까지 살아남은 DNA와 트라우마를 가진 것이 인간이다. 그런 게 인간의 본질인 듯하다. 그러므로 사람을 선하다고 보는 것은 옳지 않다. 인간은 악한 존재이다. 그러므로 늘 경비원의 눈으로 지켜보아야 한다. 무엇보다 제도를 튼튼히 해야 한다. 삼권분립이란 제도가 그렇게 탄생한 것이다. 양당제도는 좋지 않다. 두 사람은 짜고 해먹기 쉽다. 세 사람 이상은 짜기도 쉽지 않고 또 나중에 탄로 나기도 쉽다. 그러므로 많은 정당이 정치 현장에 참여하도록 현실적으로 장려하는 게 필요하다. 미국의 정치 행태를 모방할 필요는 없다. 미국이 세계의 모델이 될 필요는 없다. 무조건 미국에 갇히지 말자. 미국을 초월해야 비전이 있는 사회다.

평판은 연기다. 그러므로 가짜다. 평판은 근거 없는 소문에 지나지 않는다. 소문을 믿는 어리석음을 범하지 말자. 평판이란 화장을 한 이미테이션(imitation) 얼굴이다. 인간의 민낯은 아름답지 않다는 것을 알기에 인간은 스스로 자신들의 얼굴에 페인트칠을 하는 것이다. 자신의 얼굴로 살아야 한다. 스스로의 얼굴이 아니면 부정을 저지를 확률이 훨씬 더 높다. 자신의 진짜 얼굴을 가지고도 아무도 안 볼 때는 충분히 나쁜 짓을 할 수도 있게 만들어진 게 인간이다. 인간은 누군가 지켜보는 사람이 있을 때 부끄러움을 느끼고 선해지는 존재다. 아무도 안 보는 은밀한 곳이어야 똥도 누고 오줌도 싸며 방귀도 뀐다. 누군가가 지켜본다고 하면 그런 짓은 절대로 안 하는 게 인간이다. 평판을 쌓기 위한 위선인 것이다. 그러므로 평판은 가짜요, 근거 없는 헛소문에 불과하다. 차라리 평판이 뭔지도 모르는 공사판의 인부나 홍등가의 창녀가 더 솔직하고 진실할 수 있다.

인간의 평판을 믿지 말자. 오로지 만인이 합의하여 만든 제도만을 믿자. 제도에 허점이 생기면 공직자들이 처자식, 심지어 사돈의 팔촌까지 동원하여 예산을 흡입하고 빨아댄다. 이익 앞에서는 처자식에게도 사돈의 팔촌에게도 부끄럽지 않고 기꺼이 공범의 대열에 서게 한다. 그러나 가족도 결국 객관적인 시각을 가지고 있다. 즉 한 인간으로서의 아버지, 어머니를 생각할 때가 있으며 얼굴을 붉히며 부끄러워할 수 있다는 이야기다. 자신의 부정한 모습이 사랑하는 아이들에게 대를 이어 모델이 된다는 것을 아는지 모르는지, 그런 것이 다 가족이라는 이름으로 가려질 것이라고 믿는 모양이다.

요즈음 한국 사회에서 사회과학 쪽을 전공하는 학생들치고 연기를 얼마나 잘 할 수 있는지 그 능력을 키우고자 하지 않는 자를 찾아보기 어렵다. 그 친구들이 미구에 사람을 지배하고 정치를 한다는 게 슬프다. 가장 추악하고 더러운 인간 군상들이 가장 아름답게 나라를 가꾸고 지켜나가는 것으로 오해한다. 오해가 구미호처럼 진실로 둔갑하는 것이다. 반면 자연과학은 연기가 전혀 통하지 않는다. 연기로는 달나라에 갈 수가 없고 또 복잡한 인간의 몸을 고칠 수도 없다.

글을 쓰는 것에도 거짓이 통하지 않는다. 하지만 마음만 먹으면 충분히 평판이 좋은 연기가 가능하다. 제 딴엔 글 좀 쓴다고 생각하는 사람 중에 뻑 하면 혹세무민하는 유 아무개가 한국에 있다. 그 글을 본 적도 없고 보고 싶지도 않으나 글이 사람들을 얼마나 비참하게 속이고 추악하게 만드는지, 유 아무개를 통해 확실하게 충분히 알 수 있는 것 같다.

# 옛 아내 생각

아내와 헤어지면서 아파트는 아내가, 단독주택은 내가 갖기로 합의를 보았다. 같이 사는 동안 아내는 오랫동안 이혼을 준비하고 있었던 모양이다.

대개의 남자들은 부부 싸움을 하면 칼로 물을 벤다. 남편들은 다투고 나서 대개 한 시간 정도 지나고 나면 무슨 일이 있었던지, 왜 다투었는지조차 다 잊어버린다. 그러나 여자들은 그렇지 않다. 옛 아내도 예외는 아니었다.

옛 아내는 원래 착하고 고운 여자였다. 그런 아내가 오랜 시간을 두고

서서히 변했다. 변하는 줄도 모르고 변했다. 나도 모르고 본인도 몰랐다.

옛 아내가 자궁경부암에 걸린 건 40이 좀 못 될 즈음이었다. 우리는 그것으로 이승에서의 마지막 인연인 줄 알았다. 신문사야 어떻게 되든 말든 병원의 아내 곁에서 더없는 슬픔을 홀로 감당해야 했다. 아내의 병상 아래 보조 침대를 떠나지 않고 아내의 두 손을 꼭 잡고 기도를 하면서 눈물을 삼켰다. 끝내 눈물을 삼키지 못할 땐 화장실로 달려가 참았던 눈물을 쏟으며 *끄윽끄윽* 울었다.

옆에서 지켜보는 사람보다 죽음을 목전에 둔 아내의 마음은 어땠는지 겪어보지 않아서 모른다. 지금까지 살아 있던 스스로의 육신이 주검이 되어 곧 흙 속에 파묻히거나 화장터의 뜨거운 불에 태워질 것이라고 생각하는 그 심정이 어땠을까?

옛 아내는 그때 조용히 그런 생각에 잠겨 있는 듯했다. 홀로 그 슬픔을 감당하는 듯했다. 그 모습을 곁에서 지켜봐야 하는 것은 지옥이었다. 아내를 살릴 수만 있다면 거리로 나서서 구걸 행위도 마다하지 않을 것 같았다.

잠시 집에 다녀올 때 이용한 택시 기사의 모습이 그렇게 행복해 보일 수가 없었다. 죽지 않고 저렇게 건강하게 살아서 움직일 수 있다는 게 얼마나 큰 축복인가.

가끔씩 걸려 오는 전화 속 회사 직원들의 목소리도 더없이 행복해 보였다. 모두가 다 죽음을 모른 채 희망을 품고 살아가는 사람들이었다. 아니, 살아 움직이는 사람들이었다. 움직일 수 있는 사람들이었다. 살아 움직일 수 있는 것만큼 행복한 게 또 있을까 싶었다.

개똥밭에 굴러도 이승이 저승보다는 더 나은 것이다. 분신처럼 내 곁에 있던 아내가 개똥밭보다 못한 저승으로 떠나려는 것만큼 비탄스럽고 절망적인 건 없었다.

무조건 잘못 살았으니 노여워 마시고 한 번만 용서해주시고 살려달라고 몸을 부르르 떨며 기도했다. 살려만 주시면 뭐든 시키는 대로 다 하겠노라고 약속하고 또 다짐했다. 그게 통했는지 죽음만은 면하게 했다. 옛 아내는 두 개의 난소를 잘라내는 것만으로 목숨을 건졌다.

퇴원한 아내는 그때부터 수년을 두고 서서히 변했던 것 같다. 몸이 변하면서 마음도 따라 변했다. 생전 아픈 곳이 없던 억척스런 아내가 비염으로 고생한다 싶더니 뒤이어 우울증 증세가 나타났다.

남편이 몸을 만들고 보디빌더로 전국을 휘젓고 다니는 걸 못 견뎌했다. 일로 엮여 있는 다른 여자가 나를 보고 웃거나 떠드는 걸 무척 괴로워했다. 본인은 몸이 아파 괴로운데 곁에 있어줘야 할 남편이 물에서 갓 건져 올린 물고기처럼 팔딱거리며 싱싱한 꼴이 영 못마땅한 모양이었다.

그런 증세가 심해지자 옛 아내는 내가 잠든 틈을 노려 휴대폰을 훔쳐보았다. 여자 이름이 보이면 지레짐작으로 나를 잠에서 깨우고 발악을 했다. 옛 아내는 그렇게 마음대로 소설을 쓰고 심부름센터를 붙여 남편의 행적을 캐고 뒤를 밟았다. 체육관과 사무실에 번갈아 가며 나타나 수차례 난동을 부렸다. 남들이 보는 게 부끄러워 말리다가 아내가 넘어졌다.

아내는 남편이 떠밀고 때려서 다쳤다고 진단서를 끊었다. 경찰은 아내를 때린 남편이라고 몰아세웠다. 때린 게 아니고 말렸을 뿐인데 흥분해서 제풀에 넘어진 거라고 말했지만 소용없었다. 이러자고 아내를 살려놓은 건 결코 아니었는데 운명은 정말 얄궂고 잔인했다.

부질없는 시간들이 다 지나가고 산속에 홀로 있어서 그런지 그런 아내도 가끔 궁금할 때가 있고, 보고 싶을 때가 있다. 건강하게 잘 살고 있었으면 좋겠다.

## 장님 납시오

추석이 한 달 남짓 후로 다가오자 과수원 들어가는 길목에 하반신이 잠기고도 남을 거친 숲이 무성하게 우거졌다. 7월에 복숭아를 수확하고 난 뒤여서 당장 과수나무에 피해를 주는 상황이 아니어서 잡초 제거 작업을 하지 않았다.

장마 같지 않던 장맛비가 찔끔찔끔 내려더니 요 며칠 전, 비다운 비가 한 차례 쏟아진 뒤로 처음 와보는 과수원이라 풀이 그새 부쩍 자란 것이 놀랍다. 자연은 놀라운 변화를 가져다준다. 싱싱하게 웃자란 풀숲을 막대기로 휘저으며 과수원이 어떻게 생겼나 한 걸음, 한 걸음 점검해 들어갔다. 장님 놀이다.

나만의 장님 놀이는 독사가 미리 도망치라는 신호다. 내가 그쪽으로 발을 옮길 거니까 알아서 도망치라는 신호다. 안 그러면 독사도 당황하고 나도 당황하다 보면 결국 물리는 쪽은 나다. 무는 놈은 잠시 입을 벌릴 뿐이지만, 물린 나는 사경을 헤매거나 운이 나쁘면 세상을 하직해야 할 판이다. 그러한 피해를 입지 않으려면 좋건 싫건 장님 놀이를 할밖엔 다른 도리가 없다.

그렇게 조심조심 전진해 가고 있는데 나타나라는 독사 대신 엉뚱하게도 고라니 한 마리가 풀숲에서 풀쩍 뛰어 나타났다. 순식간에 벌어진 일이었다. 사람을 보면 도망쳐야 할 고라니가 제 딴에는 도망치기엔 거리가 너무 가깝다고 여겼는지 머리를 약간 숙인 채 들이받으려고 나를 향해 돌진했다. 당황한 끝에 나는 본능적으로 놈의 얼굴을 향해 발길질을 날렸다. 픽! 야구에서 공이 날아오는 타이밍을 제대로 맞춘 스트라이크 볼 같았다. 놈의 얼굴 눈과 눈 사이에 정통으로 발길질이 들어갔다.

정신이 아찔했던지 고라니는 얼른 생각을 바꾸어 엉덩이를 보이며 냅다 줄행랑을 쳤다. 도망치는 고라니는 빠르고 민첩했다. 사람으로서는 도저히 따라잡을 수 없는 속도로 풀숲을 거침없이 타 넘으며 순식간에 달아났다. 저, 저것을 어째? 유리알처럼 맑은 눈동자를 가진 녀석이었다. 발길질로 고라니 얼굴을 정확하게 가격한 폭력의 뒷맛이 그리 나쁘지는 않았다. 혼쭐이 난 경험을 가진 고라니는 제아무리 가까워도 죽을 때까지 다시는 사람에게 덤비지 않을 것이다.

숲속에서 정작 무서운 건 독사다. 독사는 보기만 해도 징그럽다. 자세히 보면 독사의 눈도 고라니 눈만큼이나 까맣고 잡티 하나 없이 맑다. 하지만 독을 가진 녀석이다. 숲속에서 독사가 갑자기 놀라게 되면 달아나는 것을 멈추고 고라니처럼 입을 벌리고 물려고 나올 것은 뻔하다. 하여 팔자에 없는 장님 놀이를 하느라 막대로 숲을 툭툭 두드리고 있는 것이다. 멀리서 보면 틀림없이 "장님 납시오"다.

# 결혼은 미친 짓이다

처음 이혼이라는 단어가 머릿속에 떠올랐을 때는 하늘이 무너지는 것만 같았다. 삶이 이렇게 잔인할 수 있는가 싶다가도 잔인하니까 삶이라는 생각도 들었다. 그동안 너무 편하게 살아온 것 같다. 그래서 매너리즘(mannerism)에 빠진 것은 아닐까? 안일한 삶의 태도를 벗어나게 해주기 위해 운명은 또 이렇게 잔인한 것이다.

인생의 전환점이란 그렇게 만들어지는 것이다. 위기는 새로운 기회가 되는 것이다. 기존의 것이 다 파괴되어야만 새로운 것을 세울 수 있는 것이다. 가진 것에 연연하다 보면 그 울타리를 못 벗어나는 것이다. 생각을 그렇게 고쳐먹게 되니까, 갑자기 흐르던 눈물이 새로운 어떤

결의로 다져지는 것 같았다. 운명이란 좀 더 특별한 인간이 될 수 있도록 나에게 기회를 준 것이다. 이렇게 생각을 바꾸자 무엇이든 새로운 일을 얼른 찾아서 하고 싶어졌다.

목사 안수는 그렇게 이루어졌다. 돈을 벌어 봐야 성에 차는 것도 없으니 새로운 길을 한번 걷고 싶었다. 실존하는 하나님인지 상징적인 하나님인지, 어쨌든 하나님이 있어서 나쁠 것은 없을 것 같았다. 그런 생각으로 목사 안수를 받게 되었다. 목사 안수를 받자마자 선교지인 필리핀으로 떠났다.

개척교회는 자신도 없었고, 잘할 수 있을 것 같지도 않았다. 교세 확장에 연연하다 보면 자칫 성과주의에 빠질 공산이 크고, 그것이 곧 비즈니스 성격을 띨 것만 같아 기피하게 되었다. 그래서 땅끝으로 나아가 정말로 순백한 마음으로 하나님의 사랑과 메시지를 전하고 싶었다.

가진 것 다 놓아버린 건데, 더 이상 새롭게 무엇을 가져서 무슨 소용이 있겠나 싶었다. 그런 마음으로 한국을 떠났고 그리고 필리핀에 도착했다. 필리핀에 도착한 다음 카바나튜안 시에 있는 한국인 교회에서 나의 선교가 시작되었다.

이미 독신으로 전락해버린 나는 오로지 하나님만 의지하고 사모하는 마음으로 선교 생활을 시작했다. 예배 시간이 끝나면 한국에서 가져간 재료로 짜장면을 만들어 교인들과 이웃에게 나누어주며, 섬기는 하나님의 사랑을 실천했다.

필리핀의 토속 종교는 카톨릭이다. 카톨릭 국가인데도 도덕지수는 형편없이 낮았다. 하나님이 나를 이곳에 보낸 것은 필리핀인들이 하나님 이름을 헛되이 팔고 있기 때문에 이를 바로잡고자 하는 명령으로 받아들였다. 하나님은 필리핀 사람들에게 더 큰 축복을 주기 위해 지금까지 어려움에서 헤어나지 못하게 하지 않았나 싶었다. 그러므로 나는 더욱 열심히 하나님의 사랑이 무엇인지 알리기 위해 정성을 다 쏟았다. 그러나 필리핀인들은 좀처럼 하나님의 큰 사랑을 깨닫지 못했다.

6·25가 끝난 직후 철없는 한국의 어린이들이 미군만 보면 "헬로, 추잉검"이라고 했던 모습과 필리핀인들의 모습은 하나도 다르지 않았다. 한국은 어린이들이 그랬지만, 필리핀은 다 큰 어른들이 그랬다. 기막힌 것은 현지인 목사도 전도사도 마찬가지였다. 일반 사람들과 목회자가 하나도 다르지 않았다.

어딜 가나 '돈이나 한 푼 줍쇼' 하는 마음이 전부였다. 크리스천들만의 축제인 체육대회 행사에 갔더니 마지막 시간에 경품을 뽑는 시간에 전부 지역의 목사님들에게만 경품이 돌아갔다. 일반 신도들은 자신이 소속된 교회 목사님이 경품을 받을 때마다 그저 박수나 치는 게 다였다. 한국의 목회자들 같으면 경품이 전부 신도들에게 돌아가게 했을 것이다. 실상이 그러므로 하나님께서 나를 이곳으로 선교를 떠나게 하셨구나 생각되었다. 타락한 제사장들에게 정신을 번쩍 들게 하시려고 그러시는구나 싶었다. 하나님을 내세우면서도 진짜 하나님의 사랑을 모르므로 너는 그곳으로 가야 한다 하는 준엄한 하나님의 명령으로 받아들였다.

선교지는 필리핀의 농촌 지역이었다. 농촌 지역 사람들 대부분은 영어를 알아듣지도, 말하지도 못했다. 통역이 필요했다. 선교 파트너로 정해진 사람은 필리핀 여성 전도사였다. 그녀의 이름은 루시였다. 루시는 하나님의 존재를 아는지 모르는지, 오로지 나의 지갑과 호주머니에만 관심을 나타냈다.

사람이 사람다운 것은 부끄러움이 있어야 한다. 부끄러움이 없으면 비록 인간의 형상을 하고 있어도 침팬지나 다른 짐승과 별로 다르지 않다. 루시는 선교지에서 금방 먹고도 또 배고프다고 빵과 콜라를 사달라고 어린애들처럼 졸라대는 경우가 많았다. 어떤 때는 기가 막혀서 헛웃음이 나왔다.

결국 견디지 못한 나는 교회를 떠나 독자적인 선교 생활을 결심했다.

떠나면서 차마 루시 전도사가 이러고저러고 해서 교회를 떠난다는 말은 할 수가 없었다. 한인교회 담임 목사님은 보다 큰 뜻을 이루기 위해 내가 그 교회를 떠나는 것으로 알았을 것이다.

교회를 떠난 나는 PC방을 열어 생계를 이어가면서 학교와 교회 지을 땅을 알아보고 있었다. 피곤한 날들의 연속이었다. 루시와 헤어진 뒤로 현지인들과 언어 장벽의 어려움을 겪고 있었기 때문이다. 내가 떠난 뒤에도 루시는 잊을 만하면 문자를 보내 왔다.

루시는 연락할 때마다 돈 얘기를 빼놓지 않았다. 루시의 양녀인 사라가 아프다든지 핑계를 대면서 말이다. 루시에게는 입양한 양녀가 있었다. 나에게 돈을 구걸할 때는 늘 그 양녀의 핑계를 대었다. 쌀이 떨어져 밥을 못 먹었다느니, 아프다느니 하면서 말이다.

루시는 누에바 에시아(Nueva Ecija) 주의 주립대학을 나온 엘리트였다. 필리핀은 제대로 된 대학만 나와도 엘리트 대접을 받는다. 루시는 내가 이혼을 하였으며 독신이라는 사실을 한국인 담임 목사로부터 말을 들어 알고 있었다. 다만 현지어를 못하므로 선교에 어려움을 겪고 있다는 사실만은 굳이 남들로부터 듣지 않아도 루시 자신이 너무나 잘 알고 있었다.

어느 날 루시의 전화를 받았는데 그다음 날 전혀 알지 못하는 여자로부터 문자가 한 통 들어왔다. 'Hello sir, my name is Jenifer. How are you? I know your name and your age.' 최초의 문자는 이런 내용이었다.

'어떻게 나의 이름을 알고, 나이까지 안다는 말인가?' 경계심이 퍼뜩 들었다. 답신으로 당신은 누구냐고 물었다. 제니퍼의 다음 문자는 자신은 누에바 에시아(Nueva Ecija) 주립대학의 학생이며, 나이는 스무 살이고, 등록금이 없어 현재는 휴학 중에 있다고 말했다.

어떻게 나의 전화번호를 알고 문자를 보낸 거냐고 재차 문자, 루시 전도사의 이름을 댔다. 루시와 제니퍼는 누에바 에시아 주립대학의 동문이었다. 나는 '루시'라는 말에 정나미가 떨어져서 더 이상 대화를 하고 싶지 않아 답신을 보내지 않았다. 짐작으로는 루시가 제니퍼에게 나에 관한 얘기를 해주고 전화번호를 알려준 것 같았다.

그러나 제니퍼는 얼른 말을 바꾸어 자신은 루시 전도사와 동문이기는 하지만 교류가 없어 잘 알지 못하며, 자신의 어머니와 루시 전도사가 평소 잘 알고 지내는 사이라고 말했다. 그리고 제니퍼는 그녀의 어머니로부터 나의 전화번호를 건네받은 것이라고 둘러댔다.

제니퍼는 한 번도 나를 만나보지도 않았으면서 나하고 결혼하고 싶다고 말했다. 만약 결혼을 하면 자신이 나를 도와 통역으로 나설 것이며, 그렇게 되면 필리핀에서 성공적으로 선교를 할 수 있을 것이라고 말했다. 나는 나이 차이가 많이 나므로 결혼까지는 안 된다고 말했다. 제니퍼는 나이가 무슨 상관이냐고, 필리핀에서는 나이 같은 건 전혀 문제가 안 된다고 했다.

만약 우리가 한국에 가면 나이 차이가 많아 웃음거리가 될 수밖에 없다고, 그러므로 결혼은 할 수 없다고 말했다. 그래도 제니퍼는 쉽게 포기하지 않았다. 계속 구혼의 문자를 보내 왔다. 나는 얼굴도 모르고 한 번도 안 만나본 사람에게 어떻게 결혼을 제안하냐고 물었다.

제니퍼는 만나보지는 않았지만 나에 대하여 이미 다 알고 있다고 말했다. 제니퍼가 문자를 보내 온 지 6개월째가 되는 어느 날, 잘리비(Jollibee)에서 우리는 처음 얼굴을 마주 보고 앉았다. 제니퍼는 키가 크고 몸매가 아주 잘 빠진 여성이었다. 그 나이의 여느 필리핀 여성들처럼 몸매 하나만은 빚어놓은 듯싶었다.

6개월 동안 변함없이 집요하게 문자를 보내 온 것으로 보아 약간의 진정성도 있어 보였다. 만나보니 제니퍼는 그 또래의 한국 여성처럼 어린 티는 나지 않았다. 만약 한국말로 이야기했더라면 세대 차이를 느꼈을지 모른다. 그러나 영어로 대화를 했기 때문에 나이에서 오는 세대 차이를 전혀 느낄 수 없었다.

만나는 횟수가 늘어나다 보니 나도 몰래 제니퍼와 자연스럽게 가까워졌다. 연인처럼 손도 잡게 되고 잘리비에서 만나면 제니퍼는 연인처럼 으레 나의 옆자리를 차지해 앉고는 했다. 제니퍼는 영어도 꽤 능숙하게 잘했다. 통계학과 4학기를 마치고 집안이 어려워 5학기 등록을 못했다고 했다.

나는 등록금이 얼마냐고 묻지도 않고 제니퍼에게 5만 페소를 건넸다. 등록금에 쓰고 나머지는 용돈과 책값으로 쓰라고 말했다. 제니퍼는 크게 놀라는 눈치였다. 5만 페소면 필리핀에선 아주 큰돈이기 때문이다. 우리는 급속히 가까워졌고, 호텔과 나의 숙소를 번갈아 가며 함께 잠자리를 갖기도 했다.

나는 제니퍼와 나이 차이를 전혀 느끼지 못했다. 아마도 외국인이어서 그랬던 것 같다. 같은 한국인이라면 스무 살짜리 여자애와 같이 어울려 다닌다는 게 도저히 쑥스러워 마음이 내키지 않았을 것 같다. 필리핀 여성들은 스무 살 정도가 되면, 한국인으로 보면 서른 살 정도로 취급받는 게 사실이다.

스무 살 정도가 되면, 만약 시집을 안 갔을 경우 노처녀 신세가 된다. 만약 시집을 갔거나 보이프렌드가 있는 경우, 딸린 아이가 보통 두셋 정도는 된다. 제니퍼는 필리핀에선 노처녀에 속했다. 같이 손을 잡고 다녀도 누구 하나 이상하게 쳐다보는 사람은 없었다.

만약 내가 장차 필리핀에다 학교재단을 설립하면 굳이 한국에서 거주하지 않아도 되겠다는 생각도 들었다. 그렇다면 제니퍼와 결혼을 해도 필리핀에선 별로 이상할 것 같지가 않았다. 그 결과 나는 제니퍼와 결혼하기로 마음을 굳혔다.

필리핀은 한국처럼 결혼을 신고하는 것이 아니고 필리핀 국가에서 허가하는 제도다. 제니퍼와 나는 문뇨즈 시장의 허가로 성혼이 이루어졌다. 결혼식을 마치고 우리는 제니퍼의 부모 집에서 동거를 시작했다. 필리핀은 모계 사회 전통이므로 남자가 여자 집으로 장가를 들어가는 것은 하나도 이상스럽지 않고 매우 자연스러웠다.

동거를 시작하고 보니 제니퍼의 부모 집은 은행에 담보로 잡혀 곧 넘어가기 직전이었다. 그동안 나에게는 숨겨왔지만, 은행의 채무 때문에 여간 고민을 하지 않았던 모양이다. 은행 빚은 이자를 포함하여 200,000페소였다. 한국 돈으로 약 600만 원이었다. 그리 부담스러운 큰돈은 아니었다. 그러나 필리핀인들에게는 대단히 큰돈이었다. 보통의 집 한 채 값이 700,000페소 정도였다.

이미 출가한 고모, 이모 할 것 없이 모두들 나를 특별대우를 하다 못해 돈을 꾸기 위해 아첨을 하는 모습들이었다. 그것은 바랑가이 (Barangay)의 모든 사람들도 마찬가지였다. 사람들은 연일 저마다 어려운 사정을 말하며 나에게 돈을 빌리겠다고 대문 앞에 줄을 섰다.

이를 바라보던 제니퍼와 제니퍼의 어머니가 나에게 제안을 해왔다. 벼 한 가마당 500페소로 쳐서 이웃에게 빌려주면, 두 달 후 추수 때에 벼로 상환하는데 그때는 벼 한 가마에 700페소의 시세가 되므로 그만한 비즈니스가 없다는 것이다.

필리핀 부자들은 일을 하지 않고 그것을 비즈니스로 하는 딜러(dealer)들이 많다고 했다. 나는 그 제안을 쉽게 받아들일 수가 없었다. 선교사 신분으로 어떻게 고리대금업을 할 수 있느냐고 볼멘소리를 했다. 그리고 제니퍼에게 말했다. 돈 빌리는 사람들은 빌릴 때는 환심을 사려 들지만, 갚을 때는 빚쟁이 취급을 하고 아예 미워하는 법이라고 말해줬다.

다음 날 제니퍼와 그녀의 어머니는 새로운 제안을 해왔다. 너는 뒤로 물러나 있고 돈만 내놓으면, 이웃에게는 자신들의 돈을 빌려주는 것으로 하겠다고 했다. 나는 더 이상 거절하지 못했다. 결혼을 한 이상 한 가족인데 지나치게 깐깐하게 구는 것 같은 인상을 주고 싶지 않았다. 쉽게 내키는 일은 아니지만, 나는 통장에서 100,000페소를 인출해 제니퍼에게 건네주었다.

10월이 되자 정말로 이웃 사람들이 벼를 상환해오는 모습들이었다. 나는 애써 모른 체했지만 소문이 이미 나돌았는지 이웃들은 볏가마를 옮기면서 집 앞에 서 있는 나를 보고 "Hey, your rice"라고 말하는 사람도 눈에 띄었다.

제니퍼의 가족들은 상환받은 벼를 뜨거운 햇볕에 이틀 정도 말린 다음 처마 밑에 볏가마를 쌓아두었다. 상환이 모두 끝나자마자 바로 딜러에게 전화를 걸면 득달같이 달려와 벼를 가져간다는 것이다.

외국 영화에서 금광을 찾아 헤맬 때까지는 생사고락을 같이한 동지가 금광을 발견한 다음은 동지를 죽이기 위해 격투를 벌이는 것을 본 적이 있다. 제니퍼의 가족들은 황금 벼를 보는 순간 그것을 자신들의 것으로 차지하고 싶었던 모양이다.

"그 벼는 네 것이 아니야. 우리 것을 빌려간 걸 가져온 것이라고!" 그러나 실상은 제니퍼의 집에는 남에게 빌려줄 돈도, 벼도, 농지도 없었으므로 새빨간 거짓말이었다. 눈 뜨고 코 베어 가는 세상은 그 옛날 서울만은 아니었다. 그 옛날 서울이 어느새 필리핀으로 옮겨와 있었던 것이다.

나는 일장 훈시를 했다. '주는 것이 받는 것보다 복이 있다(행 20:32~35)'를 역설했다. '내가 건네준 돈은 일종의 테스트 머니(test money)로, 반드시 돌려받겠다고 준 것은 아니다.' 나름대로 교훈이 되는 의미심장한 말을 한다고 했지만, 그 말의 의미는 '더 이상은 너희들을 믿을 수 없으므로, 앞으로는 호락호락하게 믿고 돈을 내주지 않겠다'라는 말로 들릴 수 있는 거였다.

알콜 중독자인 제니퍼의 아버지는 나와 눈만 마주치면 술과 담배를 사달라고 졸랐다. 제니퍼의 아버지는 밥은 안 먹어도 술은 매일 마셔야 했다. 젊은 시절 원양어선 생활을 할 때 외국 항구에 정박하면서 타국의 외로움을 달래기 위해 마약을 시작했고, 그 바람에 중독이 되어 폐인 생활을 했던 경력이 있다고 했다.

벼를 상환받아 처분한 돈의 행방은 내가 알려고 들지 않았다. 염치가 있으면 그것으로 더 이상 돈 얘기는 꺼내지 않을 줄 알았다. 그러나 그것은 오산이었다. 얼마 지나지 않아 술에 취한 제니퍼 아버지가 매일 밤 돈 더 내놓으라면서 린치(lynch)까지 가해오는 것이다.

처음에 나는 알콜 중독자라서 그렇겠지 생각했다. 나중에 보니 제니퍼도, 제니퍼 어머니도 온 가족이 모두 제니퍼 아버지의 편에 서서 가세했다. 제니퍼의 어머니는 필리핀 TV 뉴스를 녹음해두었다가 내게 틀어 보여주었다. "한국인이 또 권총을 맞아 죽었대. 필리핀 사람들에겐 한국 사람쯤 죽이는 건 아무것도 아니야. 처음에만 그렇지, 나중엔 다 빠져나와. 무섭지 않아?" 노골적으로 공갈 협박을 일삼았다.

나는 실로 두려움을 느끼지 않을 수가 없었다. 지체 않고 제니퍼 파밀리의 집성촌인 바랑가이를 탈출하고 싶었다. 그러나 그것은 나 혼자의 힘으로는 도저히 불가능한 일이었다. 외국인으로서 제니퍼 파밀리의 감시망을 벗어나기란 상상도 못 할 일이었다.

궁리 끝에 자동차로 5시간 거리에 있는 필리핀 수도 마닐라의 한국인 교회에 있는 이명성 담임 목사에게 전화를 걸어 도움을 요청했다. 이명성 목사는 필리핀 현지인 목사 두 명을 데리고 지체 없이 자동차를 몰고 나타나주었다.

같이 온 필리핀 현지인 목사 두 명이 바랑가이를 돌며 돌아가는 분위기를 살폈다. 필리핀 목사 두 명은 사태가 매우 위험하므로 지체하지 말고, 차를 예약해줄 테니 아무도 몰래 다른 지역으로 야반도주할 것을 권했다. 안 그래도 겁이 나 죽을 판인데 막상 그 말을 듣고 나니 사지가 벌벌 떨려왔다.

나는 이 목사에게 감사의 말을 하고, 보관하고 있던 책 5천여 권을 모두 이명성 목사의 차에 실었다. 신도들을 위해 교회 도서관이라도 꾸며보는 게 어떻겠느냐고 말을 흘려 보이면서 말이다.

필리핀인 목사 두 명의 도움으로 바랑가이 사람들이 모두 잠든 새벽 2시에 예약한 지프니가 도착했다. 미리 싸두었던 세간들을 주섬주섬 지프니에 재빨리 옮겨 싣고 뒤도 안 돌아보고 죽을힘을 다해 바랑가이를 몰래 빠져나오는 데 성공했다.

제니퍼와 동거하는 동안에도 제니퍼는 내가 잠든 틈을 타 ATM 카드를 몰래 훔쳐 가 통장 잔고를 모두 인출해 간 적이 있고, 금목걸이를 몰래 훔쳐 갔으면서도 자기가 한 짓이 아니라며 오리발을 내민 적도 있었다.

나는 빈털터리로 제니퍼 파밀리가 사는 바랑가이를 빠져나왔던 것이나. "도대체 하나님의 계획이 무엇이길래 이토록 모진 시련을 주십니까?" 하고 울부짖었다. 하나님께서는 마지막 순간까지 나를 포기하지 않으시고 다행히 한국의 농협은행 카드가 있지 않느냐고 말씀하셨다. 바로 근처에 있는 BDO 방크로 달려가 카드를 넣자 거짓말처럼 돈이

나왔다. 나는 그 돈으로 급한 김에 생계를 위해 PC방을 열었다.

숨 가쁜 사건들이 모두 결혼 후 불과 두 달 사이에 일어났던 것이다. 필리핀에선 이렇게 사람이 죽을 수 있는 거구나 싶었다. 모계 사회에서는 결혼도 얼마든지 남자의 돈을 뺏기 위한 수단으로 이용될 수 있는 거구나 싶었던 거다. 한국인들에게 결혼이란 절대로 농담 같은 것이 될 수 없다. 그러나 모계 사회인 필리핀에선 남자란 가족 개념이 아니고 그저 하룻밤 씨만 받고 떠나게 하는 종우 같은 존재였다.

막상 나는 도망을 친다고 빠져나왔지만 어차피 제니퍼의 손에 든 독 안의 쥐였다. 필리핀은 가족주의 문화이므로 어딜 가도 그들의 파밀리가 거주하고 있었다. 필리핀에서 파밀리라고 하면, 우리나라의 문중 개념과 거의 흡사하다. 필리핀의 파밀리는 같은 성을 쓰면 다 파밀리다. 우리나라로 쳐서 김씨면 김씨가 다 파밀리라는 거다. 그러니 어디 간들 파밀리가 없겠는가?

평소 왕래가 없던 사이라도 무슨 일이 생기면, 끼리끼리 누구누구 하면 서로 다 통했다. 그것이 그 나라의 문화였다. 그 결과 내가 어디로 도망을 갔고 어디에서 PC방을 개업했는지 제니퍼는 가만히 앉아서 훤히 꿰고 있었던 것이다. 아주 동떨어진 비사야 지역이나 민다나오 지역으로 숨어들지 않는 한 그랬다.

제니퍼가 나의 아이를 낳았다면서 갓난아기를 등에 업고 그녀의 어린 여동생과 함께 세 사람이 나의 PC방을 찾아왔다. 나의 아이를 낳았다고 했고, 모질지 못한 나의 성정도 한몫했겠지만 멀리서 찾아온 걸 문전박대를 할 수는 없어서 제니퍼 일행을 집으로 맞아들였다. 제니퍼도 종전과는 달리 많이 살가워진 느낌이었다. 이제 철이 좀 들었나 보다 싶기도 했다.

그사이 빼앗아 간 나의 돈으로 제니퍼도 대학을 졸업하고 인도네시아인이 오너인 제분회사에 취업이 되어 있었다. 대학을 졸업하고도 일자리를 못 구하는 필리핀 사람들에 비하면 제니퍼는 명문대학 출신답게 무난히 취직이 되었던 것이다. 나는 매일 나의 차로 제니퍼의 출퇴근을 도맡았다. 정상적인 부부 사이를 되찾은 듯싶었다.

제니퍼가 나의 PC방으로 온 지 열흘쯤 되는 어느 날 밤이었다. 제니퍼는 깊은 잠에 빠져 있었고 나는 소변이 마려워 잠시 잠에서 깨 있었다. 그때 마침 제니퍼의 휴대폰이 띠링 하고 문자가 도착했음을 알렸다. 무심코 휴대폰을 집어들고 보게 되었는데 도착한 문자의 발신자는 제니퍼의 과거 보이프렌드였다.

필리핀 여성들은 보통 14~15세가 되면 보이프렌드를 갖는다. 그러다도 결혼을 하면 모든 걸 정리하고 얼굴을 마주쳐도 생전 몰랐던 사람처럼 대하는 게 그들의 문화다. 만약 결혼 후에도 보이프렌드와 관계를 이어가다간 간음죄로 무거운 처벌을 받게 되는 위험이 따른다. 필리핀은 간음죄가 사회 4대악 범죄 중 하나다. 간음죄로 걸렸다가는 살인과 맞먹는 죄형법정주의를 둔 나라이므로 평생 감옥 울타리를 못 벗어나기 때문에 과거의 보이프렌드에게 눈길을 줄 수 있는 그런 문화가 아니다.

나는 불결하다는 생각은 뒤로하고, 일단 분노가 일었다. 그동안 용서를 빌었던 것이 다 나를 속이는 술수였다는 것을 안 이상 더는 견딜 수가 없었다. 악마도 그런 악마가 없다고 생각했다. 나는 그 길로 모든 것을 정리하고 귀국해버렸다. 더러운 악마를 나의 가족부에서 지워내기 위해 서울가정법원에 이혼청구소송을 내었다. 제니퍼는 '네 맘대로 해. 관심 없어' 하는 문자를 보내 왔다.

그러나 1년이 다 지나가고 이혼 확정판결문을 손에 받아들었을 때쯤 제니퍼는 나에게 또다시 문자를 보내 왔다. '지난날은 나이가 너무 어려 철이 없었다. 한 번만 더 반성하고 참회할 기회를 달라'라며, 한국으로 초청해줄 것을 간청했다. 한국에 도착하면 하늘처럼 나를 받들고 살겠다는 약속도 했다. 나는 냉정하게 생각을 해보았다. 진실로 잘못을 알고 용서를 구한다면, 종교인인 내가 인간의 허물과 잘못을 용서 못 할 일이 뭐가 있겠나 싶었다.

모든 것은 나 하나만 용서하는 마음을 가진다면 온 세상이 다 잠잠해
질 텐데 그걸 못 해줄 까닭이 없다고 성경적으로 해석했다. DNA 검
사는 해보지 않았지만, 또 할 필요도 없지만, 법률적으로 내 아들까
지 둔 마당에 말이다.

그렇게 한국으로 들어온 제니퍼의 태도는 곧 돌변했다. 나는 그들 모
자를 위해 별도로 아파트 전세를 하나 얻어주었다. 별거를 하기 위해
서가 아니라 아이 교육을 위해서였다. 그러나 제니퍼는 나를 근처에
얼씬도 못 하게 했다. 무슨 말만 하면 들어보지도 않고 불같이 버럭
화를 내고 소리를 질렀다. 나는 고린도전서 13장 4~8절 말씀을 암송
하면서 회개할 때까지 참아보려 무진 애를 썼다.

하지만 6개월이 지나도 제니퍼의 태도는 변하지 않았고 커다란 바위
처럼 그대로였다. 나는 그사이 그녀를 위해 영어학원 강사로 취업을
알선해주었다. 생활비 일체를 내가 다 대주었으므로 여섯 달째가 되
자 통장에 쌓인 돈을 가지고 아파트를 나가버렸다. 무단가출이 딱 맞
는 표현인지 모르겠다. 하지만 아이는 어린이집에 맡겨놓은 채 사라졌
던 것이다.

영천시는 좁은 지역사회다. 누구누구 하면 대강은 다 아는 사람들이
다. 제니퍼는 얼굴에 털이 많이 난 필리핀 남자와 어디어디의 아파트

에서 산다는 소문이 나중에 귀에 들렸다. 집을 나가기 전에 아이와 함께 살 때도 밤에 많은 필리핀 사람들이 제니퍼의 아파트에 출입하였는데 그 가운데 얼굴에 털이 많은 남자도 있었다는 말을 경비원이 전해주어 어렴풋이 알고 있기는 했다. 그때 나는 제니퍼에게 그런 남자가 있느냐고 물어본 적이 있다. 제니퍼의 반응은, "남이야 무슨 상관이냐고! 우리는 이미 이혼했잖아. 뭐가 문제야?"라고 되레 큰소리를 친 적이 있다. 그랬다. "하지만 아파트는 내 돈으로 얻은 거잖아. 아이를 잘 양육하는 조건으로." 나의 목소리엔 힘이 없었고 풀이 죽어 있었다. 제니퍼는 너무나 당당하게 큰 소리로 말했다. "우린 남이라고!"

제니퍼가 집을 나간 후 몇 달이 지나지 않아 한 통의 등기우편이 날아들었다. 대구가정법원으로부터다. 제니퍼가 대구가정법원에 유아인도청구소송을 낸 것이다. 대한민국은 외국인 여성인 제니퍼의 인권을 보장한다는 구실로 정부 예산으로 변호사협회를 통해 무료 변호를 제공하는 것임을 나는 알게 되었다.

반면에 자국민인 나는 어딜 가도 변호사 도움을 받을 방법이 없었다. 법률구조공단이라는 데가 있다는 것을 대부분의 국민들은 잘 알 것이다. 법률구조공단이 있으므로 내국인이 외국인에 비해 인권이 역차별당할 이유가 없다고 보는 관점이었겠지만, 현장에 와보면 실제로는 입법부의 뜻대로 그렇게 운영되는 게 아니었다.

법률구조공단의 문턱이 얼마나 높은 줄 알기나 하는지, 도저히 넘을 수 없는 벽이 법률구조공단이었다. 만들어놓고 조건을 까다롭게 붙여놓으면 그것은 국민을 조롱하는 거나 마찬가지다. 그런 공단은 예산만 축낼 뿐 안 만드는 게 차라리 낫다. 동화처럼 두루미가 초청한 늑대에게 준 항아리가 법률공단인지 묻지 않을 수 없었다. 외국인 여성은 무조건 변협의 도움을 받는다면, 자국민인 남성도 여하한 방법으로든지 무조건 변호사의 도움을 받아야 하는 것이다. 그래야 형평성 측면에서 맞는 거다. 입법에는 문제가 없었는지 몰라도 시행령에는 분명히 문제가 있었다.

대한민국 정부인 법무부와 여성가족부는 외국 여성의 인권, 그것 하나만을 생각했다. 자국민인 남성이 역차별당하는 것까지는 생각을 하지 못한 것 같다. 법무부나 여성가족부 일반직 공무원들은 열심히 일한 죄밖에 없다.

문제는 시행령을 기안하여 통치권자에게 재가를 올린 소위 고위직 공무원들일 것이다. 여성가족부나 법무부 공직자들이 일을 잘못했다고는 보지 않는다. 그들은 무슨 결과가 나타날지도 모르고, 내려온 지시나 규정대로 그저 열심히 땀 흘려 일한 죄밖에 없을 것이다. 비교가 되지 않을지는 몰라도, 도둑이 아주 열심히 일하면 어떤 현상이 벌어지게 될지 우리는 분명히 알 수가 있다.

그 결과 외국인 여성은 법원에 나타날 필요조차 없다. 대한민국 정부가 다 알아서 재판을 맡아 해주기 때문이다. 반면 자국민 남성은 법도 모르면서 변호사 도움도 받지 못하고 상대방 변호사와 힘겹게 싸워야 하는 심각한 인권 유린을 당하고 있는 것이다. 인권을 내세워 외국인을 위한다는 게 정작 중요한 자국민의 인권을 유린하는 웃지 못할 결과가 되는 것이다.

누구를 위한 국가인가? 괜히 현학적으로 인권 어쩌고 떠들면 유식해 보이기라도 하는 건가? 본질은 언제나 간단하다. 국가의 적은 외국이다. 외국이 쳐들어오지, 호랑이나 늑대가 쳐들어오는 건 아니다. 군대란 외국이 침범할 것에 대비해 만들어지는 것이다. 이것이 본질이라는 거다.

대한민국이 국제 사회에서 선진국으로 가고 싶은 그런 마음은 알겠다. 그것을 반대하는 국민도 없을 것이다. 그만큼 우리의 국력도 커졌고, 국제 사회에서 책임도 있다는 생각이다. 그러나 인권에 관한 한 내국인과 외국인 사이에 차별을 두지 않는 것만으로도 충분히 세계 최고의 인권 선진국이 될 수 있다. 세계를 다 돌아다녀보지는 않았지만, 제아무리 인권 선진국이라도 외국인 인권을 자국민 인권보다 더 우대하는 나라는 지구상에 없고, 또 있을 필요도 없기 때문에 다른 나라들은 그런 겉멋만 든 짓은 안 하고 있는 거다.

어느 나라가 외국인 인권을 더 우대하고 민사 사건에서 변호사 단체가 나서서 무료 변론을 해준다는 말인가? 어느 나라의 시민단체가 나서서 외국인을 위해 피켓을 든다는 말인가? 국가나 개인이나 겉멋이 들면 실속도 없고, 그것은 유치한 것이 되고 또 그것은 가증스런 위선이 된다. 자기 가족을 소중하게 생각해야지 맨날 짐승처럼 때려잡으면서, 바깥에 나가 점잔을 떠는 것이야말로 위선의 극치다. 적어도 국가는 그런 모습이어선 안 된다.

미국이라는 나라는 세계 최고의 인권 국가다. 자국민을 위해서는 지구 끝까지 쫓아가서 국가의 자존심을 지킨다. 자국민을 개돼지 취급하면서 무슨 인권을 내세우는 국가라는 건지 되묻지 않을 수 없다. 물론 발전을 향해 가는 과정에서 시행착오는 있을 수 있다. 그러나 적어도 국민의 목소리를 얼른 알아들으려는 귀와 개선하려는 노력이 따라주어야 하지 않는가? 그래야 차별 없는, 올바른 인권 국가로서의 발전을 기대할 수 있지 않느냐는 말이다. 대한민국의 국민임이 부끄럽다. 1년에 상당액의 유무상 원조를 퍼부어주면서도 자국민은 그 나라에서 권총을 맞아 죽는 판에도 외국인 인권 타령을 하다못해 자국민 역차별이라니. 이 어찌 부끄럽지 아니하겠는가? 쥐구멍이라도 있으면 숨고 싶어지는 심정이다.

미친 짓이 결혼이고, 결혼은 미친 짓이었다.

# 용접하는 남자

필리핀에서 집을 한 번 지어보니 건축이라는 게 별것도 아닌 것 같다 싶다. 나름대로 우여곡절은 있었지만 집 안에 수영장까지 팠다. 가만히 그늘에 앉아 있어도 땀이 삐질삐질 나오는 나라에서 집 안에 새파란 물이 찰랑대는 수영장이란 환상 그 자체다. 필리핀은 건축법이라는 게 있기나 한 건지, 우리나라처럼 엄격한 행정 규제가 없었다. 몇층씩 올라가는 건축이야 당연히 행정 규제를 받을 수밖에 없다는 것이 상식적으로 이해가 가지만, 단층짜리여서 그런지 관청에서 어떤 제재도 없었다. 외국인인 나에게 안 그래도 긁을 게 없나 하는 나라인데, 건축 규정에 딱 박혀 있는 뭔가가 있다면 내가 무엇이 예쁘다고 봐줄 턱이 없었다. 그 결과 설계를 맡기고 자시고도 없이 그냥 집을 지을 수 있었다.

설계도가 없으니 그저 무작정 망치와 삽을 들고 일을 시작했다. 어린 아이들이 소꿉장난하는 것처럼 그때그때 생각나는 대로 요렇게도 해보고 조렇게도 해보는 것이다. 그렇게 하는 것이 또 재미가 있었다. 일꾼들도 잘 훈련된 병사들처럼 시키는 대로 고분고분 잘 따랐다. "이봐, 이렇게 좀 해봐." 그러면 어김없이 일꾼들은 내 말에 복종했다.

허가 신청도 한 적 없고 신고도 한 적 없었으니, 집을 짓는 동안 이따금씩 불안해지는 마음도 없잖아 있었다. 그러나 끝내 말썽은 생기지 않았다. 집을 다 짓고 나서도 정말이지 누가 뭐라는 사람도 없었다. 별난 나라도 다 있다 싶어서 그냥 웃음이 실실 나왔다. 집을 다 짓고 나서 얼마 지나지 않아 바랑가이(Barangay)에서 두 사람이 나와서 건물에 노란 딱지 하나를 붙여주고 갔다. 바랑가이에서 나왔다길래 혹시 무슨 일이 생기나 하고 겁을 잔뜩 집어먹고 있었는데 아무 일도 없었다. 바랑가이 사람들이 사라진 뒤 노란 딱지를 자세히 들여다보니 건물 표시였다. 그것으로 건축물이 합법화된 것이었다. 아니, 그 순간부터 합법화된 것이 아니라 그 이전부터 합법적으로 건축이 진행된 것이었다. 참 신기한 나라였다.

선진국이면 어떻고 후진국이면 어떠랴. 사람이 편하면 그게 나라다운 나라지 않나 싶었다. 권총이나 칼로 사람을 함부로 죽이는 것하고 남의 물건을 훔쳐가는 것만 빼면 필리핀은 좋은 나라라는 생각이 들었다. 선진국에 해당하는 한국은 확실히 되는 것은 되고, 안 되는 것은 안 되는 것이다. 필리핀은 되는 것도, 안 되는 것도 없는 나라 같았다. 여자를 남자로, 남자를 여자로 바꾸는 일 말고는 다 되기도 하고 안 되는 것도 별로 없었다.

사람 사는 게 다 거기서 거긴지도 모른다. 선진국도 후진국도 좋은 것도 있는 반면 안 좋은 것도 분명히 있기 때문이다. 통계에서는 오히려 후진국인 필리핀 사람들의 행복지수가 한국보다 훨씬 높다고 한다. 엄마가 좋은지 아빠가 좋은지, 아무튼 좋기는 한데 뭐가 좋은지 가끔 애매할 때가 없지는 않다. 한국이 나쁘다는 말도 결코 아니다. 한국은 눈부시도록 예쁜 나라다. 화장실 냄새는 일부러 맡으려 해도 어렵다. 필리핀처럼 길거리 아무데서나 오물 냄새가 맡아지는 게 아니다. 한국에서는 화장실에 가도 진짜 맡아지지 않는 게 화장실 냄새다.

밤이면 LED 빛이 너무 환하고 찬란하다. 예쁘다는 말이다. 한국에 있다가 필리핀에 가면 밤이면 전등불이 켜지기는 하는데 어둡다. 어두 컴컴하다. 한국은 눈부시도록 환해서 황홀한데 필리핀은 왠지 짜증이 막 날 것 같은 어두운 빛이다. 촛불도 아니고 등불도 못 되는, 누리끼리한 빛깔이다. 짜증이 몰려와 발로 확 걸어차버리고 싶은 욕망이 저절로 솟구치는 그런 빛이다.

필리핀 상점에 LED 공급처가 없지는 않다. 그러나 상가의 주인들이 아직 LED 빛의 진가를 모르는 모양이다. 빛이 아름다워야 모기든 하루살이든 날아드는 법이다. 사람이라고 크게 다르지 않다. 누가 어두컴컴한 상가 등불 같은 것을 보고 좋다고 들어가겠는가? 기왕이면 세련된 LED가 켜져 있는 카페로 들어가고 싶은 게지. 한국은 그런 면에서는 예술의 나라인 것 같다. 영화나 음악을 말하는 게 아니다. 가전제품이라든지 가구라든지 생활의 모든 도구가 다 예술품이다. 사용하기가 정말 아까울 정도다. 그냥 쳐다만 보고 싶은 게 메이드 인 코리아다.

얼마 전까지만 해도 필리핀 각 도시마다 한국의 현다이(현대)와 기아자동차 매장이 있었다. 필리핀의 해외 지사가 아직 어딘가에 남아 있는지는 몰라도 각 도시마다 현다이와 기아자동차 매장이 어느 순간 모습을 감추고 말았다. 현다이와 기아는 법인이 다르긴 하지만 기업의 오너가 같은 사람이라는 것은 한국인이면 모르는 사람이 없을 것이다.

현다이와 기아자동차를 보는 것만으로도 한국인의 자부심이 저절로 생기는 법인데 그것이 사라지고 나니 맥이 탁 풀리는 것 같다. 길거리를 가다가 현다이 자동차가 유일하게 LED 전등을 환히 밝혀놓고 있으면 괜히 덩달아 우쭐해졌었는데 말이다. 무슨 이유에서일까? 필리핀인들이 부도덕해서? 그게 아닐지도 모른다. 판매 법인의 구성원들은 필경 필리핀인 현지인들일 것이기 때문이다.

필리핀엔 일본의 자동차 현지 공장들이 많다. 토요타, 미쓰비시, 혼다, 닛산 등. 일본의 현지 공장들과의 경쟁에서 밀려났을 수도 있다. 하지만 현다이는 필리핀인들에게 너무 친숙한 브랜드다. 점포 매장이 있건 없건 간에 필리핀 도로에는 현다이의 스타렉스가 많이 다닌다. 필리핀인들은 특별히 반(VAN)을 좋아하므로 스타렉스는 단연 인기다. 스타렉스가 서 있는 곳으로 다가가 운전자에게 차가 어떠냐고 물으면 열이면 열 다 팔을 처들고 엄지 척이다. 그런가 하면 대우자동차의 버스도 여전히 많이 눈에 띈다.

한국에서 대우자동차가 사라진 것은 오래전의 일이다. 멀리 동화 속의 추억 같다. 그런데 필리핀의 수도나 지방의 버스터미널에서는 아직도 쉽게 찾아볼 수 있는 게 대우자동차가 만든 버스다. 한국에서는 대우의 흔적을 찾아보기가 어렵다. 젊은이들 중에는 한국에 그런 기업이 있었나 하고 잘 모르는 친구들도 많을 것이다. 대우자동차의 오너는 젊은 시절에도 머리가 하얗게 센 사람이었다. 현다이와 같은 규모의 대재벌 대우그룹이었는데 당시의 정부는 들어서자마자 공중분해를 해버렸다. 세계는 넓고 할 일이 많은 그 사람을 당시의 정부는 비정하게 내쫓아버린 것이다.

기업을 죽이고 기업인을 내쫓는 정부는 진짜로 나쁘다. 반대로 없는 기업을 만들고 기업인을 키우는 대통령은 좋은 대통령이다. 이것을 알면 정치인들의 사기에 잘 안 속아 넘어가는 국민이 될 수 있다. 기업의 불모지에서 기업을 제일 많이 만들고, 그 기업들이 세계 일류 기업이 되도록 힘쓴 대통령이 국부를 창출한 박정희 대통령이다. 박정희 대통령이 만들어놓은 기업을 오늘날까지 쭉 파먹고 살아온 게 우리 국민들이다. 우리는 박정희란 이름만 나와도 엎드려 큰절을 올려도 부족하다. 여기서 생각해볼 수 있는 것은, 역대 어느 정부가 기업을 제일 많이 공중분해시키고 기업인을 내쫓거나 오너를 바꿔치기했는지 그것 하나만 알면 누가 좋은 대통령인지 나쁜 대통령이었는지 단박에 알 수 있다. 다행히 2023년 지금의 대통령은 스스로 기업들의 제1호 영업사원임을 자처하고 있다. 뭘 아는 대통령, 또 좋은 대통령이 되고 싶은 것이다.

박정희 대통령은 무에서 유를 창조한 대통령이다. 아무것도 없는 사막에 기업을 세우도록 독려하고 기업인을 키웠다. 볏짚으로 똥을 닦던 국민에게 포실한 휴지가 넘쳐나게 했다. 먹을 것이 없어서 굶주리다 못해 집에서 기르던 귀여운 개를 잡아서 고기를 뜯어먹었다. 아이들을 잡아서 가마솥에 삶아 먹었다는 소문이 당시에는 흔하게 들렸다. 사실이 아닐 것으로 믿지만 하여간 그런 소문이 끊임없이 귀에 들리곤 했다.

기업인도 처음부터 유능한 기업인이 되는 것은 아니다. 세계 시장에 대한 정확한 정보가 있어야 물건을 제대로 생산할 수 있고, 또 그것을 해외에다 내다 팔 수가 있는 것이다. 박정희 대통령은 정부와 기업의 협조 체제가 안 되면 세계 시장을 공략할 수 없다는 것을 너무나 잘 아는 경제 대통령이었다. 수시로 기업인들을 청와대 집무실로 불러들여 정부의 참모들 못지않게 서로 머리를 맞대고 아이디어와 정보를 공유했다.

어디든지 사기꾼은 있게 마련이지만, 대한민국 정치판만큼 사기꾼이 많은 곳도 드물다. 진정한 국부를 창조한 박정희 대통령의 기념관 하나 짓지도 못하게 하면서 별 볼 일 없는 대통령은 국가 예산을 지출하여 무슨무슨 기념관이 참 많기도 하다. 그래 봤자 더 미워지는 게 팔쥐다.

다시 한번 더 강조하자면, 좋은 대통령이란 쓸모 있는 기업을 제일 많이 만들어낸 대통령을 말한다. 반대로 기업을 제일 많이 해체시키고 멀쩡한 기업의 오너를 자신이 평소 알던 사람으로 바꿔치기한 사람이 누구인지 그것 하나만 제대로 알면 되는 것이다. 거기다 6·25 전범인 북한의 김씨 왕조에게 우리 국민들이 낸 세금을 몰래 갖다 바치고 핵 개발을 도운 사람이 누군지, 북한이 핵 개발을 하면 스스로 책임지겠다고 말한 사람이 누군지, 그 사람이 죽었다면 무덤을 파내고 부관참시라도 해야 나라의 정통성을 바로 세우는 일이다.

정치인이 죽어야지 왜 기업이 죽어야 하며, 기업인이 왜 무슨 이유로 쫓겨나야 한다는 말인가? 그런 정치인은 백번 죽어도 우리 국민들의 삶에 아무런 지장이 없다. 그러나 기업은 일으키기도 어렵고, 또 한번 죽으면 다시 살아날 방법이 없다. 그리고 기업은 우리 국민들의 삶에 바로 영향을 준다. 정치인은 국민이 낸 피 같은 세금에 빨대를 꽂고 쭉쭉 빨지만 기업은 외국에서 돈을 많이 벌어 국가에 돈을 갖다 바친다. 삼성이라는 기업이 국가에 가져다 바치는 법인세가 한 해 평균 10조 원이다.

그런 효자 기업을 죽이지 못해 안달했던 정부가 누군지, 그것 하나만 제대로 알면 된다. 삼성의 오너를 내쫓으려고 온갖 패악질을 한 정부가 누군지, 그것을 제대로 알아야 하는 것이다. 해외에 나가보면 한국의 대통령에 대해선 아무도 관심이 없다. 반대로 한국의 기업에 대해선 아주 관심이 높다. 삼성, 현다이, 엘지 등은 해외에서 거의 신 같은 존재다. 쓰던 물건이라도 좋으니 한국 기업에서 생산된 물건이면 무조건 돈을 내고 먼저 가져가려고 환장들 하는 모습이다. 그만큼 그들의 재산 목록에 한국 제품이 자리를 차지하고 있는 것이다.

대한민국은 무역의 나라다. 대한민국에서 생산한 물건들을 전 세계인들이 다 쓰고 있다. 그런 기업들을 정치인들이 죽이고 있는 것이다. 그런 정부가 나쁜 정부라는 것이다. 그런 정부를 대표하는 사람이 죽어서 버젓이 기념관을 갖고 국민의 세금으로 호강하는 나라가 바로 대한민국이다. 기념관이란 엄밀히 말해서 죽은 사람을 위해 세우는 게 아니다. 살아 있는 사람들이 자신들이 사기를 멋지게 치려고 드는 것에 지나지 않는다. 죽은 자를 내세워 줄을 서는 것이다. 한국은 줄서기 좋아하는 국민들이 많아서 문제다. 개딸이 그것이다. 정치는 2류도 못 되고 3류, 기업은 그야말로 세계의 1류다. 지금도 해외에서 열심히 땀 흘리는 기업들이 많다.

필리핀에서 집을 짓는다는 것은 첫째로 사람값이 싸서 좋다. 일반 잡부의 경우 하루 품삯은 고작 한국 돈으로 약 9,000원이다. 기능공이라고 해 봐야 그저 하루 일당이 15,000원 정도다. 뭐 이런 데가 있나 싶을 정도다. 한국에서는 무슨 사업을 하고 싶어도 인건비가 워낙 비싸므로 도저히 엄두가 나지 않는다. 필리핀은 기업을 일구기 좋은 나라다. 인건비가 싸기 때문이다. 기업도 사람이 개미처럼 달라붙어야 일이 되는 것이다.

인건비가 싼 반면, 건축 재료는 한국보다 비싸면 비쌌지 절대로 싸지 않다. 필리핀에서 생산되는 자재가 거의 없기 때문이다. 한국에서 시멘트 한 포대가 5천 원 할 때 필리핀에선 5천 5백 원 했으니까, 필리핀이 5백 원 더 비싸다. 시멘트는 필리핀도 생산하고 있다. 집을 지으려면 아무래도 용접을 할 일이 많다. 필리핀은 인건비는 싸지만 노동력의 퀄리티(quality)가 많이 떨어지는 나라다. 아마도 더운 나라이기 때문일 것이다.

도대체 사람들이 얼마나 느려 터지고 게으름을 피우느냐 하면 속에서 천불이 날 정도다. 일하는 꼴을 보면 당장 용접기를 뺏어버리고 싶다. 차라리 그게 스트레스를 안 받는 일이다. "이봐. 이리 내놔봐!" 그렇게 장난처럼 시작해본 용접이다. '햐, 요것 봐. 무쇠가 막 녹네?' 점점 재미가 나서 용접의 매력에 자꾸만 빠져든다. 하다 보면 저절로 기술자가 되는 거다. 용접 불꽃이 정말 환상적이다. 디즈니 여행의 마지막 밤 불꽃놀이 같다. 어느새 용접 기술자가 다 되었다. 몇 달 동안의 필리핀 체류로 사람이 완전히 달라졌다. 여권 어딜 살펴봐도 그 사람이 바로 그 사람이다. 하지만 완전히 딴사람이 되어 귀국을 한 것이다.

귀국하여 비워두었던 집의 먼지를 다 털어내고 보니 그다음 별로 할 일도 없고 심심해서 견딜 수가 없었다. 괜히 용접기를 만지작거렸다. 잘 있는 대문 여기저기를 발로 툭툭 건드려본다. 멀쩡하다. 아무리 찾아봐도 용접기를 갖다 댈 만한 곳이 없다. 아예 팔을 걷어붙이고 철근 상회로 달려갔다. 신고 온 철재를 내려놓고 용접기를 갖다 대본다. 불똥이 튀는 게 손맛이 제대로다. 한국이라고 해도 용접 맛은 필리핀과 하나도 다르지 않았다. 지지직, 지직! 금세 물탱크의 집 한 채가 만들어졌다. 내친김에 아주 집을 지어볼까?

집이 필요해서가 아니다. 용접을 하고 싶어서다. 한국으로 옮겨 왔어도 변함없이 용접이 잘되는지 그게 궁금하다. 궁금해서 일하다 보니 그새 또 한 채의 집이 세워진다. 눈에 화상을 입고 얼굴의 피부가 벌겋게 익어서 병원에 몇 번씩 실려 가도 용접을 끊지 못했다. 한동안 나는 용접에 완전히 미친 중독자였다. 용접이 예술이고 예술이 용접이었기 때문이다.

## 의사는 성직

나는 두 살 아래의 사촌 매제를 두고 있다. 매제이므로 꽤나 오랜 세월을 서로 지켜봐왔다. 세월이 많이 흐르고 보니 매제만큼 친한 사람도 없다. 가끔은 매제인지 친구인지 헷갈릴 때도 있다. 매제는 안 그런데 나만 그런지도 모르겠다. 상관없다. 세상이란 어차피 자기 중심이다.

나는 가끔 인간의 직업에 대해 생각에 잠길 때가 있다. 만약 내가 인간 세상에 다시 태어난다면 무슨 직업이 제일 좋고, 하고 싶을까? 지금처럼 글쟁이 노릇도 괜찮기는 한데 돈이 좀 넉넉지 않아서 매번 문제다.

법률가까지는 좋은데 법조인은 어째 잔꾀를 내는 사기꾼 같아서 싫다. 변호사는 정말 꼴도 보기 싫다. 검사도 싫은 건 마찬가지다. 인간의 자유와 인권보다는 성과주의만을 생각하는 검사와는 도저히 친해지고 싶지 않다. 변호사라는 직업도 마찬가지다. 거간꾼처럼 남의 사건에 빌붙어 수단과 방법을 안 가리고 한쪽 편만 든다. 판사도 거기서 거기다. 인간을 판단한다는 것이 얼마나 두려운 일인가를 생각하는 판사는 많지 않다. 많은 판사들이 말 많은 사건 관계자들을 건방지다고 생각한다. 다 알고 있다는 식이다. 그런데 개뿔, 알기는 뭘 안다는 말인가? 옛 속담에 열 길 물속은 알아도 한 길도 못 되는 사람 속은 모르는 법이라고 했다. 성경에는 남을 판단하지 말라고 했다. 인간이 인간을 판단할 수 없다는 것이다. 인간을 판단하는 일은 오로지 신의 영역이라고 했다. 그럼에도 불구하고 부득이 인간이 인간을 판단해야 한다면 정말로 신중해야 하는 것이다. 학연, 혈연, 지연, 그런 것 다 끊고 정말 신이 된 듯한 자세로 사건을 판단해야 한다. 진짜로 그런 판사가 주변에 있는지 생각해볼 일이다. 서른 정도 나이가 된 판사가 예순이 넘은 노인을 향해 준엄하게 꾸짖는 것을 보면 정신이 아찔하다. 심지어 법정에서 화를 내는 판사도 흔하게 볼 수 있다. 그런 판사도 옷 벗으면 변호사로 나선다.

의사는 성직 그 이상이다. 암에 걸려 죽음의 문턱에 임했을 때 지독한 무신론자도 하나님을 찾고 부처님을 찾는다. 한 번만 더 살려주면 무슨 일이든 시키면 다 하겠다고 기도하고 다짐한다. 그러나 실제로 죽이고 살리는 건 신이 아니라 의사다. 의사는 직업상 상대하는 사람은 회개하고 반성하며 겸손해진, 천사의 마음에 가까워진 사람들이다. 사람은 누구를 상대하느냐에 따라 환경의 지배를 받는다. 환경이란 사람 사이의 상호 침투다. 인생의 진짜 공부는 학교가 아니라 알게 모르게 다 사람의 모습을 보고 그것을 통해 깨닫고 배우는 것이다.

법조계에 종사하는 사람들은 자나깨나 살인자와 도둑, 사기꾼, 거짓말쟁이들만 상대한다. 역할만 다르지 살인자, 도둑, 사기꾼들과 한 공간에서 머리를 맞댄다는 점은 같다. 그러므로 사고하는 방식이 결국 범죄자들과 비슷해진다는 점이다. 법에 의한 판단을 해야 하는 법관이 조폭 두목과 룸살롱에서 여자들의 시중을 받으며 술을 마시는 장면은 바로 그것을 확실하게 웅변하고 있는 것이다.

나라 꼴이 이 지경이 된 것도 나는 법조인들에게 그 책임을 물어야 한다고 생각한다. 국회는 전직 검사, 판사, 변호사들의 천국이다. 정직한 의사는 거의 눈에 띄지 않는 게 국회다. 우리 사회에 정직한 게 어디 의사들뿐이겠는가? 하지만 법조인들이 판치는 이 나라의 장래는 암울하다 못해 절망적이다.

의사는 죽어가는 사람을 살리는 만큼 정직한 직업이다. 늘 그렇게 정직한 생각을 머릿속에 넣고 생활하는 게 삶의 전부다. 거짓이 통하지 않으니 사고방식도 정직해질 수밖에 없다. 법관이란 어떤 궤변이라도 좋으므로 양심을 팔아서라도 상대를 궁지에 몰아넣는 것을 자신의 실력으로 생각하고 그런 잔인한 짓을 한다.

물론 예외적인 경우는 있을 것이지만 일반적 시각으로 볼 때 그렇다는 말이다. 나의 친구, 아니 매제가 사주는 밥과 고기는 언제나 맛이 있고 분위기도 좋다. 그는 정치에는 그저 무관심한 듯, 내가 아무리 열변을 토해도 그는 황소처럼 그저 눈만 껌벅거린다.

# 청문회 가다

내가 사는 이곳에서 영천시청까지는 거리가 불과 18킬로미터밖에 안 된다. 자가용으로 가면 채 30분 거리도 안 된다. 영천에서 기차를 타면 동대구역까지는 정확하게 27분 소요된다. 반면 청도군청까지는 자가용으로 약 한 시간의 거리다. 그리고 경주시청까지는 약 35분 정도 걸린다. 그러면 여기는 주소가 어떻게 되느냐? 영천시도 아니고, 경주시도 아니며, 대구광역시는 더더구나 아닌, 청도군이다. 그런데도 시간상으로 제일 시간이 많이 걸리는 곳이 청도군청이다.

그러므로 여기서는 면사무소도 멀고 군청도 하와이 섬만큼이나 멀리 떨어져 있다. 요는 한마디로 불편하기 그지없다는 얘기다. 불편하기만 하면 좋은데, 행정력이 아주 못 미치는 것은 아니지만 멀리 떨어져 있다. 그러다 보니, 자연 차별 아닌 차별이 있을 수밖에 없다.

이렇게 나가면 면사무소 공무원은 아마도 펄쩍 뛸지 모른다. 우리가 언제 귀댁을 차별했냐고 말이다. 그렇게 세게 나오면 크게 할 말이 없으니 입을 그저 꾹 다물 수밖에 없다. 그러나 솔직히 말해서, 확 드러나지는 않지만 멀리 떨어져 있다 보면 자연 행정력이 제대로 못 미칠 것은 안 봐도 뻔한 비디오다.

굳이 면사무소를 두고 하는 말은 아니다. 문제는 늦둥이가 초등학교에 입학하면서다. 자빠지면 코 닿는 데가 북안초등학교인데 청도군민이라고 영천시에 있는 초등학교에서는 입학을 받아들일 수 없다고 한다.

사정은 경주시에 있는 아화초등학교도 마찬가지다. 가까운 곳에 학교를 두 군데나 두고도 못 먹는 감 신세다. 도대체 이런 법을 누가 만들었는고? 나라 법이라는 거다. 나라는 누가 만들었는고? 국민이라는 거다. 나는 누군고? 마찬가지로 국민이라는 거다. 그러면서 다른 사람도 다 국민이라는 거다. 미치고 환장할 노릇이 아닐 수 없다.

학교에 안 갈 방법은 없고, 가까운 학교에 입학할 방법은 없으니 이런 딱한 노릇이 어디 있나? 제아무리 전화기를 붙잡고 애원하고, 큰소리

치며, 매달려 봐야 나만 별난 사람 될 게 뻔하다. 생각다 못해 교직원이 일러준 대로 주민등록을 잠깐 영천시 쪽으로 옮겨놓기로 했다. 주민등록법인가 뭔가를 위반할 수밖에 없는 상황에 내몰린 것이다.

사람들의 인심도 옛날 같지 않아서 조금 안다는 사람들도 떡이 생기나, 밥이 생기나, 뭐 하러 남의 일에 신경 쓰이게 그 짓을 하느냐는 거다. 요즘처럼 각박한 세상에 떡도 밥도 안 생길 일을 누군들 하고 싶겠는가? 이장이 알면 사람이 살지 않는 한 당연히 전입이 불가하다고 나올 게 뻔한데, 거기다 거짓말까지 보태가면서 나를 도와준다고 나설 사람이 쉽게 나타나지 않을 것은 자연스럽다.

한두 사람한테 딱지를 맞다가 보면, 이거 점잖은 체면에 무슨 동냥하는 것도 아니고 더럽다 싶은 생각도 든다. 그래도 아쉬운 놈이 우물을 파야 하는 건 예나 지금이나 동서를 가리지 않고 에누리 없이 맞는 말이다. 구걸을 계속하다가 용케 하나 얻어걸렸다. 얻어걸린 김에 주민등록을 옮겨놓고, 늦둥이를 겨우겨우 학교에 입학을 시켰다. 우여곡절을 겪었지만 그래도 가까운 학교에 늦둥이를 입학시킨 것까지는 다행이다.

그러나 결과적으로 주민등록법을 위반한 것이 되고 말았다. 법이 제아무리 엿 같아도 그게 나라 법인 이상, 로마에 가면 로마법을 따라야 하는 것이다. 농촌에서는 나이 들어 늦둥이 하나 키우기도 힘든 데, 새삼스레 나라 법을 어긴 것이다. 나라 법을 어기고도 늦둥이에게 장차 나라 법을 잘 지키는 사람이 되라고 당당하게 교육할 수도 없으니 딱한 노릇이다. 어른들 생각엔 아이들이 이런저런 사정을 모를 것 같아도 그것은 어른들 생각일 뿐, 아이들도 눈치는 빠하다.

학군이 다르다 보니 스쿨버스가 운행될 리 없었다. 덕분에 직접 운전을 해서 등하교를 시켜야 했다. 매일 등하교를 도맡아 하다 보니 다른 일을 할 수가 없었다. 등하교를 직접 시켜본 사람들은 다 안다. 그 일 말고는 다른 일을 할 수 없다는 것을. 아침에 등교를 시키고 나면, 무엇을 제대로 집중해서 할 수가 없다. 곧바로 하교 준비를 해야 되기 때문이다.

하교 시간을 며칠 전에 미리 아는 방법은 없는 것 같다. 학교가 정한 교육 스케줄에 따라 그때그때 달라지는 모양이다. 늦둥이가 학교에서 찬밥 신세가 되지 않게 하려면, 하교 시간에 딱 맞추어 학교에 나타나 줘야지 안 그러면 텅 빈 학교에서 남은 선생님들의 눈치나 보게 하는 꼴이 된다. 그러므로 여간 신경 쓰이는 일이 아니었다.

등교를 시킨 후 무슨 일에 제대로 좀 집중하다가는 하교 시간을 놓치는 일이 다반사다. 그러므로 자연 매일 자투리 시간만 가졌지 무엇 하나 일을 제대로 할 수가 없는 것이다. 그런 어정쩡한 시간을 가지다가 '에라 모르겠다, 눈이나 잠깐 좀 붙이자' 하다가 보면 애꿎게도 허연 살만 뒤룩뒤룩하게 더 찌게 된다. 국가 산업의 역군이 될 만한 일은 좀처럼 찾을 수도, 할 수도 없다.

국회 청문회를 보면 피청문자의 주민등록법 위반이 종종 도마 위에 오르는 것을 볼 수 있다. 물론 투기의 수단으로 활용하거나 자녀를 명문학교에 집어넣기 위해 악의적으로 주민등록을 위장 전입하는 것은 천만 번쯤 비난 받을 일이다. 그런 놈들이야 원래 다 뻔뻔하게 그런 짓을 다 한다고 쳐도 나 같은 시골 사람이야 이게 무슨 죄인가? 아무리 생각해봐도 오지에 사는 죄밖에는 없다. 내가 그러는 게 아니라, 어쩔 수 없이 그렇게 하도록 환경이 만들어주는 것이다.

사정은 다르지만, 국회 청문회 나온 사람들을 보니 마치 내가 큰 죄를 지은 중범죄자라도 된 것 같다. 늦둥이가 볼까 봐 TV 채널을 얼른 딴 곳으로 돌린다. 거기서도 마찬가지로 청문회다. 눈 가리고 아웅 할 재간이 없다. TV를 없애는 길밖에는.

바로 말하지 않아도 다들 잘 알아들으리라 믿는다. 문학이란 원래 바로 말하는 것을 썩 좋아하지 않는다.

# 보수와 진보의 사회과학

대한민국의 헌법은 국민 대중이 노예가 되라는 것이 아니다. 국민을 위한 법이고, 국민이 바로 법이 되는 것이다. 이것이 본질이다. 정치인들은 헌법의 총론을 국민에다 맞춰놓고 해석을 붙여야지, 자당의 당리당략이나 유불리에 고정시켜놓고 헌법의 각 조항에 해석을 붙이니까 전혀 엉뚱한 해석이 나오게 되는 것이다.

최근 선거관리위원회가 하는 짓을 보아도 그렇다. 그 조직 안에서 비리가 터졌으면 입이 열 개라도 국민들에게 할 말이 없고, 감사원에서 하고 싶은 대로 다 하도록 그저 죽여주십시오 하고 나와야 될 판에, 율사 출신이라는 위원장이라는 작자가 법 규정 운운하고 나오는 판이다. 국민이 헌법이라는 총론을 모르니까, 마치 헌법이 선거관리위원회를 위한 법인 줄 아는 희한한 일이 벌어지는 것이다. 율사 출신이라는 그 위원회의 장이 법을 얼마나 많이 공부했는지 모르나 다른 공부가 전혀 안 돼 있다는 증거다. 법 공부를 하기 전에 교양적으로 근원적인 공부를 좀 했더라면 저렇게 황당한 소리는 하지 않을 것이라는 생각이 든다.

그런 의미에서 우리의 교육도 시급히 혁신되어야 마땅하다고 본다. 법학도들은 법률 공부 이전에 철학이라든지 문학이라든지 근원적인 교양을 먼저 쌓고 법학이라는 전문 과정을 공부해야지 법 조항만 아는 율사들을 양산해서는 안 된다는 생각이다.

국회를 가만히 들여다보면 법조인들이 판을 친다. 그들이 입으로 내뱉은 궤변들을 보면 참으로 기가 찬다. 국회가 국민의 대의 기관이라고 하지만 실상은 전혀 다르다. 어느 국민이 북한 김씨 왕조의 끄나풀을 국회에 보내겠는가? 그런데도 실제로 북한에 유화적인 제스처를 보내는 사람도 있고, 또 실제로 북한 김씨 왕조의 끄나풀 노릇을 하는 국회의원들도 없잖아 있다는 데 문제가 있다.

이렇게 말하면, 어떤 분들은 '설마 국회의원들이 북한 김씨 왕조의 끄나풀?' 하고 고개를 갸우뚱하는 국민도 없잖아 있을 것이다. 이래서 대한민국 국민들이 큰 문제다. 도대체 위기에 대한 경각심이 없다. 6·25를 겪었으며, 남북이 대치하고 있고, 정전 중인 국가의 국민이라면 북한 김씨 왕조의 얘기만 나와도 이를 갈아야 할 판이다. 그러나 실상은 전혀 그렇지 않다는 데 큰 문제가 있는 것이다.

지금의 세대는 비록 6·25를 직접 겪지는 않았더라도 우리의 사촌, 삼촌, 형, 이웃 또는 아버지가 6·25에 참전했다가 전사했던 것이 바로 70년 전의 일이다. 역사를 잊은 국민은 다시 불행과 맞닥뜨리지 않을 수 없다.

"지금 이 자리에 북한 간첩들이 앉아 있다"라고, 이것이 국회 안에서 국회의원이 국회의원들을 가리키며 한 발언이다. 이것이 현실이다. 그런데도 국민들은 귀를 닫고 그 말을 제대로 듣지 않고 있다. 실로 안타까운 일이다.

북한 김씨 왕조의 *끄나풀*에 다름 아닌, 지하 혁명조직인 RO의 조직원 130명이 회합하여 내란선동과 국가보안법위반 혐의로 복역 중인 주범 이 모 전 국회의원과 진보당 해산 사건을 보아서도 필자의 사견으로 치부할 수만은 없는 일이다.

대한민국 국회에 버젓이 의석을 갖고 있는 정당이 내란선동과 국가보안법위반으로 국회의원이 구속되고, 헌법재판관 9명 중 8명의 찬성으로 정당 해산의 결정이 난 사건이다. 그러한 정당 소속 국회의원 5명이 의원직을 상실하였는데도 국민들은 위기의식이 없다. 뇌가 있는지 없는지, 같은 국민으로서 기함하고 자빠질 노릇이 아닐 수 없다.

실상이 이런데도 국민들은 "설마?", "설마 전쟁이 일어나겠어?", "설마 나라 팔아먹겠어?" 이런 식이다. 정당이 북한 김씨 왕조의 정당이라면 그들이 만드는 법이 대한민국의 법인가, 북한 김씨 왕조를 위한 법인가?

해산된 통진당과 구속된 이 모 전 의원뿐만 아니라는 게 문제다. 지금도 미군 철수를 주장하고, 천안함 자폭 발언을 하며, 미국을 증오하는 국회의원들이 적잖이 있다. 김씨 왕조의 *끄나풀*들이 아니고서는 도저히 할 수 없는 발언들을 하고 있는 것이다.

여기서 주목되는 것은 그런 *끄나풀*들이 지역구의 주민들로부터 지지를 받고 국회에 진출했다는 것이다. 이는 우리 사회 곳곳에 북한 김씨 왕조의 *끄나풀*이 만연해 있다는 반증이기도 하다. 이는 결코 일회성으로 넘어갈 문제가 아니다. 차제에 제정신을 가진 대통령이 나온다면 이들을 모두 솎아내는 작업부터 최우선적으로 해야 한다고 생각되는 부분이다.

북한 김씨 왕조 끄나풀의 숫자가 시간이 갈수록 자꾸만 늘어나는 이유는 자유 대한민국의 시장경제 체제의 취약성 때문이다. 하나의 예를 들어보겠다. 고시 공부에 매달린 가난한 법률학도가 있다. 그 고시생은 라면도 먹지 못하는 형편이다. 그러나 고시만은 절대로 포기할 수 없다. 아무도 거들떠보지 않고 소외되어 있을 때 김씨 왕조의 끄나풀 중 중요 인물 한 사람이 자연스럽게 접근한다.

호감이 가는 얼굴에 김씨 왕조라는 글씨는 얼굴 어디에도 쓰어 있지 않다. 그저 이웃집에 사는 마음씨 좋은 형님이고 아저씨다. 끄나풀은 고시생을 만날 때마다 격려의 말을 하는 동시에 근사한 레스토랑에 가서 식사를 대접하고 나이트클럽도 데리고 가는 등 이따금 술도 같이 한잔씩 한다. 그리고 언제나 고시생의 호주머니에 용돈을 넉넉하게 찔러준다. 빌려주는 것이 아니라 완전 공짜인 것이다.

고시생은 끄나풀을 절대 신용하기에 이르고, 마침내 끄나풀을 친형제 이상으로 생각하고 마침내 "형님"도 아니고 "형"이라고 부른다. 고시생은 태어나서 가난한 형제나 부모에게서도 받아보지 못한 호의를 끄나풀인 형에게서 받는다. 끄나풀에 대한 감사와 무한 신뢰가 자연스럽게 쌓인다. 무한 신뢰란 지옥 끝까지 함께 갈 정도의 신뢰를 말하는 것이다.

북한 김씨 왕조는 자유 대한민국 시장경제 제도의 약점을 이렇게 파고드는 사업을 담당하는 대남사업부라는 것을 갖고 있다. 대남사업부는 끄나풀을 교육하여 끊임없이 남파하는 사업을 거의 70년에 걸쳐 해오고 있다. 제아무리 시대에 뒤떨어진 김씨 왕조지만 무의미하고 안 되는 사업을 수십 년 동안 해왔을 리는 만무한 것이다.

대한민국에서 활약하는 끄나풀 고정간첩들이 5만 명이 넘는다고 한다. 이는 김씨 왕조를 벗어나 전향한 황장엽 씨가 밝힌 내용이다. 황장엽 씨는 과거 북한의 철학자로서 김씨 왕조의 브레인(brain) 역할을 했던 사람이다.

자유 대한에서 이렇게 끄나풀에 엮여 평생을 헤어나지 못하고 있는 정치인, 고위 공직자, 사법부의 판사나 변호사 등이 부지기수라는 것이 황장엽 씨의 주장이다. 필자가 보기엔 대통령이 되었던 사람도 예외는 아니다.

대통령이 되었던 사람을 가정하여 한 가지 예를 더 들어보겠다. 그가 올챙이 적에는 나중에 대통령까지 될 줄은 꿈에서도 생각지 못했다. 선박회사 총무 시절 어부들의 임금을 들고 강원도로 도주하여 어느 산골짜기로 숨어든다. 시간이 흘러 잠잠해졌을 때 거기서 기사회생하여 정계에 처음 발을 들여놓는다. 정치를 하기 위해선 무엇보다 돈이 필요했다. 지금도 그런 면이 있지만, 그 당시는 분명히 돈 없이는 정치의 정 자도 생각할 수 없는 시절이었다.

그때 돈 보따리를 들고 접근한 *끄나풀*이 있었다. 나중에 대통령이 될 줄 알았으면 그 돈의 유혹에 안 넘어갔을 수도 있다. 그러나 그 시점에선 대통령 될 가능성은 제로 상태다. 접근하는 사람이 딱히 *끄나풀*이라고 의심할 만한 부분도 없었다. 후원한다는 명목으로 돈다발을 안기는 데야 싫다고 나올 정치인은 아무도 없을 것이다.

한번 코를 꿰이게 되면 김씨 왕조를 빠져나올 수가 없다. 만약 사실이 들통나는 날이면 자신의 인생이 종 치는 날이므로 어쩔 수 없이 김씨 왕조의 편을 들어주는 척이라도 해야 되는 것이다. 우리 사회의 정치인, 법률가, 사법부 판사, 고위 공직자 등 그들은 그렇게 대책 없이 불행의 *끄나풀*로 엮어든 것이다. 그들은 정치인, 법률가, 판사, 고위 공직자가 되기 훨씬 이전에 이미 포섭된 사람들이다. 모두가 이름 없이 가난하던 시절에 김씨 왕조의 *끄나풀*에 의해 코를 꿰인 사람들이다. 그렇게 코를 꿰인 사람들이 5만 명이 된다는 황장엽 씨의 폭로인 것이다.

우리 사회에서 유명세를 떨치고 엘리트에 속하는 사람들이 버젓이 고정간첩 노릇을 하는 것이다. 이런 상황에서 만약 미군이 철수를 한다면, 적화는 하루아침도 아니고 순식간에 북한 김씨 왕조에 그대로 접

수되고 만다. 6·25 때처럼 지지고 볶고도 없다.

고정간첩들의 선무작전은 진작부터 펼쳐져왔다. 미군 철수를 주장하며(아니 지금도 그렇게 주장하는) 통일을 막고 있는 미국은 우리 민족의 적이다. 남의 체제든 북의 체제든 같은 민족으로 통일하는 것만이 한반도의 유일한 평화와 번영이라는 목소리가 그것이다.

이것이 북한 김씨 왕조 대남사업부의 일관된 슬로건(slogan)이라는 것을, 웬만한 국민이라면 모르는 사람이 없을 것이다. 그럼에도 불구하고 국회의원이나 유력한 정치인 가운데도 북한의 김씨 왕조와 똑같은 주장을 펴는 사람이 있다.

지금도 북한 정권의 지하에 가면 북한 김씨 왕조를 위한 혁명 전사들인 영웅들의 사진이 걸려 있고, 그 가운데 대한민국의 대통령을 지낸 그 사람의 사진이 버젓이 걸려 있다는 것이다. 실상이 그렇다면, 위에서 든 예는 현실과 아주 동떨어진 것이 아니다.

진보 보수의 논리도 북한 김씨 왕조의 작전 중 하나다. 부국(부자로 만든 나라) 대통령인 박정희는 진보로 출발해서 대통령 권좌에 오르는 순간 보수가 된 인물이다. 사회과학에서 이러한 현상은 매우 자연스러운 것이다. 진보의 이념으로 기득권층인 보수에 도전하여 승리하면 자연 기득권이 된다. 기득권이 보수가 아니라면 그것은 궤변이다. 어떤 진보정치 세력도 기득권이 되는 순간 보수로 변하며, 또 새로운 진보의 도전을 받는 것이 자연스러운 사회과학적 현상이다. 끊임없이 보수와 진보가 명멸하는 것이다. 이것이 곧 인간의 피 흘리는 역사이며, 헤겔이 말하는 정반합 이론이다.

보수와 진보는 영원한 것이 아니다. 또 영원할 수도 없다. 보수와 진보는 살아 움직이는 생물체인 것이다. 진보가 기득권이 되면 자연 보수가 되고, 보수가 기득권을 놓으면 또다시 진보가 될 수 있는 것이며, 예기치 못한 사상의 진보도 또 새롭게 등장하는 것이다.

어떠한 진보도 기득권이 되는 순간 보수가 되는 것을 피할 수 없다. 즉, 보수와 진보는 우리 몸에서 피가 도는 것처럼 무한 반복인 것이다. 동전의 양면이며, 자전거의 앞바퀴와 뒷바퀴인 것이다.

그런데 우리 대한민국은 철학의 빈곤과 부재로 정곡을 바로 보지 못하는 청맹과니 사회로 전락해버렸다. 정권을 잡고도 진보라는 해괴한 모습을 연출하는 것이 그것이다. 기득권이 되어 이미 보수가 되어 있으면서도 진보 운운하는 기이한 현상인 것이다. 그것이 지난 5년간 정부의 망발이며, 사기의 행태다.

정권을 잡은 여당이 진보 행세를 하면 미증유의 정치 실험을 할 가능성과 위험이 도사리는 것이다. 그러한 정치 실험이 잘 못된 결과로 끝났을 때는 커다란 국가적 재앙을 불러온다. 누구를 위한 정치 실험인가? 정치인에게는 단순한 실험이지만 죽고 사는 것에 휘말리는 것은 국민이다.

기득권자가 진보 행세를 한 정부가 내건 정책이 바로 햇볕정책이다. 햇볕정책은 미친 정치 실험이었다. 그리고 2015년부터 5년 동안의 정치 실험이 바로 그것이다. 실제는 정권을 잡은 보수이면서 국민 대중들에게 선명성을 부각시키려는 의도에서 자꾸 진보라고 우기면서 진보적 실험 정책을 자꾸 내세우는 것이다. 쇼(show)이며 사기의 정치인 것이다.

진보의 실체가 무엇인가? 진보란 아직 시도해보지 않은 미증유의 이론이 그 실체다. 대중이란 늘 현실에 불만족하므로 새로운 사상과 이론에 환호하는 경향이 있다. 대중은 답답한 현실보다는 희망을 노래하는 진보를 더욱 선호하고 좋아하는 것이다.

진보의 맹점은 이론만 풍성하다는 점이다. 실제로 그렇게 될 수도 있고 안 될 수도 있다는 걸 대중들은 잘 알려고 하지 않는다. 연령대가 낮을수록 그런 경향은 더욱 두드러지게 나타난다. 어느 국가 사회를 막론하고 선거에서 집권당이 불리한 이유도 같은 이치다. 집권한 정부는 보수적 성향을 띠기 때문이다. 어느 누가 불만족스러운 현실에 안주하고 싶겠는가? 만족해도 못 견디는 게 인간인데 말이다.

모든 동물의 숙명은 아무리 풍족해도 현실 만족으로 그대로 주저앉는 걸 아주 싫어한다는 것이다. 인간도 동물인 이상 그러한 숙명을 반드시 갖고 있는 것이다. 현실은 늘 불만족스러운 상태다. 뜻 같지 않은 현실보다 미래에 대한 근사한 청사진이 펼쳐지는 진보가 훨씬 가슴 뛰게 하는 희망이 있는 것이다. 대중들이 무지갯빛 진보에 취하는 이유다.

인간의 역사는 보수와 진보의 끊임없는 권력 다툼이다. 끝없이 싸우면서도 힘의 균형을 이룰 수밖에 없다. 균형이 무너지면 독재 국가가 되거나 피 흘리는 불행의 역사가 열리게 되는 것이다. 인간의 마음이란 늘 끓어오르는 욕망의 덩어리다. 이 욕망에 대한 도전이 바로 진보다. 기득권을 치지한 보수는 운명적으로 안정을 추구할 수밖에 없다. 보수는 기존의 질서를 지켜가면서 발전해나가자는 것이지만, 진보는 화끈하게 뒤집어엎고 보자는 것이다. 기존에 세워진 나쁜 전통을 왜 우리가 지켜야 하느냐? 이미 무덤 속에 들어가 있는 사람들이 만들어 놓은 옷을 우리가 왜 입고 돌아다녀야 하느냐는 것이다. 보수가 틀린 것도 아니고 진보가 틀린 것도 아니다. 틀린 것이 아니라면 분명히 맞아야 하는데 그렇지도 않기 때문에 문제가 복잡해지는 것이다.

사회과학이 자연과학보다 어려운 이유다. 자연과학은 맞는 것은 맞는 것이고 틀린 것은 틀린 것이므로 어렵기는 하지만 복잡한 문제는 안 생기는 반면, 사회과학은 옳은 것과 틀린 것이 없기 때문에 저마다 해석에 따라 더욱 어렵게 꼬이는 법이다. 그래서 세계 도처에서 전쟁이 끊임없이 무한 반복해서 일어나는 것이다.

대체적으로 연륜이 좀 지긋해지면 보수적 성향을 드러내고 젊은 층일수록 진보적 성향을 나타내는 이유도 노년층은 안정을 희구하는 반면, 젊은 층은 보다 나은 세상을 만들기 위해 한 번 뒤집어엎어보자는 성향이 강하다. 보수는 진보의 도전을 받고 자극을 받아야 새로운 사조를 받아들일 수 있다. 진보는 기존의 문명을 다 망가뜨리는 혼란 속에서는 어떠한 진보도 뿌리내릴 수 없다. 보수와 진보가 건강한 모습으로 존재할 때 그 나라와 사회의 미래가 밝다.

두 바퀴를 굴려야 잘 갈 수밖에 없는 자전거다. 문제는 한쪽이 약할 때 균형이 무너진다는 것이다. 균형이 무너지면 대중이 피 흘리는 사회가 도래한다. 대한민국에서 대통령이 탄핵된 사건도 보수와 진보의 균형 축이 무너진 데서 비극적 결말을 맞이한 셈이다. 국론 분열이 바로 그것이다. 보수와 진보 진영에서 서로에 대한 증오로 부글부글 용광로처럼 들끓는 것이 현재의 대한민국이다.

사회가 건강하게 발전하려면 보수와 진보의 균형 축이 맞아야 한다. 한쪽이 월등히 강하고 한쪽이 현저하게 약하면 여러 가지 문제가 나타난다. 균형을 이루면서 때로는 보수가 승리를 하고 때로는 진보가 승리할 때 보다 나은 사회로 발전해가는 것이다.

누구도 보수와 진보라는 진영의 딱지를 본래부터 이마에 붙이고 나오는 건 아니다. 기득권자인 보수에 도전할 수 있는 세력과 방법은 진보 밖에는 없다. 진보 이념으로 보수에게 승리를 하면, 언제까지나 국민 대중에게 만족을 주는 진보 정책이 가능하다는 건가? 기존의 진보 세력을 능가하는 새로운 진보 세력은 도저히 생겨날 수 없다는 것인가? 지난 정부는 기득권을 가진 보수 세력이면서도 새로운 진보 세력의 도전이 두려운 나머지 진보 행세를 계속하고 싶은 것에 다름 아니었다. 이는 철학이 없는 얄팍한 사기의 정치에서 비롯됐다.

대중에게는 본래 현실 만족이란 것이 없다. 그렇기 때문에 불리할 수밖에 없는 것이 보수고, 유리할 수밖에 없는 것이 진보다. 그러나 중요한 것은 한번 진보가 영원한 진보로 유지되지는 않는다는 점이다. 보수도 기득권에서 밀려나면 얼마든지 새로운 진보 이념으로 다시 도전할 수 있고, 또 지금까지 없던 새로운 진보 세력이 등장하여 기득권층인 보수에 도전장을 내미는 법이다. 이것이 사회과학적 역사의 수레 바퀴다.

미국에 진보 색깔을 가진 당이 민주당이고 보수 색깔을 가진 당이 공화당이라고는 하지만, 그 두 당은 진영을 지나치게 달리하지 않는 경향이 있다. 국가라는 공동체를 위해 타협하고 상생하는 정치 문화를 가지고 있는 것이다. 대한민국에서처럼 죽기 살기로 야비하게 피 터지는 싸움을 하지는 않는다는 말이다. 대한민국의 정치는 죽이는 것이 사는 것이라는 전쟁의 논리다. 안타까운 일이지만 역사적으로 전쟁의 반복과 식민지의 왜곡된 문화로밖에 달리 해석할 여지가 없다.

진정한 진보는 무조건 보수의 반대편에 서는 것이 아니다. 보수를 이기는 이론의 무장이 필요한 것이다. 그러나 유감스럽게도 대한민국의 진보는 사이비 진보에 불과하다. 그 어떤 이론의 무장도 없다. 그냥 떼거지로 달려들어 마음껏 조롱하고, 비웃으며, 아주 병신을 만들어 버리는 폭력의 문화가 전부다. 사악한 말잔치다. 얼마든지 유리한 토양을 가진 것이 진보 진영임에도 불구하고, 철학의 부재와 이론의 부재만 연출한다. 사술만 판치고, 속이 빤히 보이는 어린 계집애의 말싸움박질밖에 보이질 않는다.

보수에 승리하려면 보수를 이기는 이론으로 무장하라. 대중이라는

토양은 언제나 진보 편일 가능성이 짙다. 본질이 그러한 것이다. 그것
이 사회과학의 한 현상이다.

# 생지옥의 역차별

필리핀 집에 문제가 생겼다고 알려준 사람은 젠세였다. 아이를 맡겨 둘 곳이 없었다. 가정법원에서 진행 중인 이다의 양육비청구 사건도 마음에 걸렸다. 젠세는 나의 전 아내다. 그리고 가정법원에서 다투는 상대방 피고다. 이다의 양육비를 놓고 다투는 것은, 젠세가 이다의 생 모이기 때문이다. 그리고 필리핀에서 젠세는 여전히 법률적으로 나의 아내 지위를 유지하고 있다. 한국의 가정법원에서 이혼을 할 때 양육 비를 청구하지 않은 것은, 쥐뿔도 없는 젠세에게 그것을 청구하고 말 고 할 것도 없었기 때문이다. 새삼스레 이제사 양육비를 청구하게 된 데는 젠세가 일주일 동안 이다를 맡아줬다고 내게 양육비를 요구했 기 때문이다. 그동안 나는 수년 동안 이다를 양육해오면서도 젠세한테 양육비 따위를 청구하지 않았는데, 일주일 동안 이다를 맡아줬다고 양육비를 내놓으라는 것이다. 그렇다면 그동안 청구하지 않은 몇 년 치의 양육비를 되레 나에게 내놔야 한다. 너는 일주일 치지만, 나는 몇 년 치에 해당하는 양육비를 너한테 청구할 권리가 있어. 이런 내용으로 법원에서 소송을 진행 중이었다.

만약 지금 당장 내가 죽고 없어진다면, 나의 필리핀 부동산은 모두 젠세의 차지가 되고 만다. 필리핀은 만 18세가 되어야 부동산 소유권이 전등기가 가능하다. 이제 열 살밖에 안 된 이다 앞으로 소유권이전등기를 하려면 앞으로 8년을 더 기다려야 한다. 그러므로 지금 당장 내가 죽고 만다면, 나의 필리핀 부동산은 실질적으로 모두 젠세가 소유권 행사를 할 수밖에 없는 상황에 있다.

그런 입장에서 젠세는 나에게 집에 문제가 있다면서 필리핀에 들어가야 한다고 알려준 것이다. 문제는 초등학교 3학년에 다니는 이다를 필리핀으로 데리고 들어갈 수 없다는 데 있었다. 마땅히 부탁할 곳도 없지만, 아무래도 생모가 낫지 않을까 싶은 생각에 이다를 젠세에게 맡기기로 하고 서둘러 필리핀으로 날아갔던 것이다.

막상 필리핀에 들어가보니 입국 즉시 바로 출국금지 조치가 내려졌다. 젠세가 문제가 생겼다고 했던 집에는 아무 문제가 없었다. 젠세가 나를 속인 것이다. 젠세는 한국에서의 불리한 소송을 유리하게 이끌어내기 위한 목적으로 가족들로 하여금 무고토록 교사해놓고 나를 필리핀으로 들어가게 유도한 것이다. 나는 무슨 내용으로, 왜 재판을 받아야 하는지도 모른 채 변호사를 선임하고 보석금을 낸 후 구속을 면할 수 있었다. 필리핀에서 발이 묶였으니 한국의 법원에서 벌이는 재판은 젠세가 원하는 대로 자동으로 기각이 될 판이었다.

보통 재판은 월 1회씩 열렸으므로 2회 이상 재판에 출석하지 않으면 재판을 진행할 의사가 없는 것으로 간주되어 원고 기각 판결이 나도록 되어 있는 것이다. 기각 판결로 그치는 게 아니라 만약 피고 젠세가 반소청구를 하게 되면 이다의 양육권까지 빼앗길 판이었다. 그러거나 말거나 그게 문제가 아니라 당장 필리핀 법원 사건이 사람의 피를 말렸다. 필리핀 사건은 형사 사건이므로 만약 혐의를 벗지 못하고 유죄 판결을 받으면 평생 감옥 울타리를 못 벗어나는 형량의 죄목이었다. 그러니 한국의 양육권, 양육비 따위는 신경을 쓸 계제가 못 되었다. 더구나 필리핀은 부조리가 심한 나라이므로 재판의 공정성을 기대할 수 없었다. 거기에다 나는 외국인이었다. 내가 선교 생활을 하는 과정에서 수없이 목격한 것이 국수주의적 문화였다. 한국인 피해자가 재판 과정에서 가해자로 둔갑하는 경우도 보았다. 죄 없고 무고한 사건이라고 마음 놓고 있을 입장이 못 되었다.

무고의 내용은 필리핀 여성을 납치하여 한 달 동안 감금한 상태에서 강간을 했다는 것이고 이러한 사실을 목격한 증인이 바로 젠세의 이모라는 것이다. 젠세의 이모는 그전에도 무고 사건에서 증인을 자처한 적이 있다. 그때도 내가 완벽한 증거를 가지고 있었기 때문에 법원에 기소되지 않고 검사 손에서 무혐의로 방면된 적이 있었다. 젠세의 이모는 이번까지 합하면 두 번씩이나 증인을 자처하고 나선 것이다. 나는 변호사를 통하여 그러한 사실을 재판부에 알리는 동시에 바랑가이(Barangay)에서 작성한 범죄확인서(certificate file action)에 기록된 나이가 사실과 다르게 5년이나 줄여져 있다는 점을 근거로 바랑가이에서 청문회도 하지 않고 허위공문서를 작성하였다고 주장하는 한편, 피해자라고 하는 여성을 증언대에 세워줄 것을 재판부에 요구했다. 피고의 신체상에 뚜렷한 표식이 있으므로 만약 피해 여성이라고 하는 자가 그것을 확실하게 말하지 못하면 무고가 증명된다는 것을 주장했다. 내가 그렇게 주장을 하고 나가자 피해 여성은 겁을 집어먹고 재판에 나오지도 않고 아예 종적을 감추어버린 것이다. 그 결과 재판은 싱겁게 무죄로 끝났다. 하지만 무죄가 나고 출국금지가 풀릴 때까지 장장 16개월이 걸렸다. 필리핀의 재판에 신경을 쓰느라 한국의 재판 상황은 예상한 대로 엉망이 되어 있었다. 양육비청구는 기각이 되고, 오히려 피고 젠세의 반소청구로 인해 이다의 양육권을 젠세에게 빼앗기고 말았다.

한번 양육권이 넘어가면 되찾아오는 것은 거의 불가능하다. 사건 본인인 이다의 안정적 생활과 학업을 고려한 법원의 판단이기 때문이다. 양육권이 젠세에게 넘어갔다고 쳐도 면접교섭권은 나에게 있기 마련이다. 젠세는 의도적으로 나의 면접교섭권한을 방해했다. 엄연히 판결문에 면접교섭을 보장하도록 적혀 있는데도 젠세는 교묘하게 방해를 해서 나로 하여금 번번이 분노하게 했다. 이다가 아버지를 만난다고 해도 젠세에게 손해날 일이란 하나도 없지만 젠세는 치열하게 방해를 하고, 매번 살살 약을 올렸다. 급기야 면접교섭을 방해한다는 이유로 다시 가정법원에 이다의 양육권을 되돌려달라는 소송을 또다시 제기하지 않을 수 없게 된 것이다.

젠세의 이모는 젠세 친구를 피해 여성으로 둔갑시켜 나를 무고토록 했던 것이다. 일이 성공만 하면 저 인간은 감옥을 못 벗어나게 돼 있다. 그러면 저 인간의 집과 땅은 자동으로 젠세의 소유가 된다. 그것을 적당히 나누어 갖자는 제안을 젠세 친구인 피해 여성에게 했고 피해 여성은 그 유혹에 쉽게 넘어갔던 것이다.

명백한 무고 사건임에도 필리핀 사법기관은 피해 여성이라고 하는 사람을 처벌하지 않았다. 젠세 이모 또한 가짜 증인으로서 어떠한 처벌도 받지 않았다. 외국인을 차별하는 그들의 문화 때문이다. 한국인은 필리핀 같은 나라에서 외국인이라고 차별을 받고 한국에 들어와서는 외국인 우대로 내국인 역차별을 받는 이상한 나라가 돼 있었다. 필리핀인들은 비자가 만료되어도 죽어도 다시 그들의 나라로 되돌아가려 하지 않는다. 불법체류란 그래서 생겨나는 것이다. 한국이라는 나라는 필리핀인들이 살기에는 천국과 같다. 그들의 나라로 돌아가 노예 취급을 당하느니 외국인의 지상낙원인 한국을 죽어도 안 떠나고 싶은 것이다.

필리핀은 300년 동안 스페인 식민지로 지냈다. 그 결과 그들의 몸엔 노예 생활이 배어 있다. 국가 운영 통치 스타일이 노예 식이고, 국민들 또한 그것을 당연시한다. 한국 생활을 경험한 필리핀인들에게는 신천지가 바로 한국이다. 필리핀인들에게 노예 문화가 남아 있는 까닭은, 300년에 걸쳐 스페인 영주가 권총으로 필리핀인들을 통치했고, 그러한 문화의 잔재가 여전히 남아 있는 결과다. 필리핀인들이 사람을 권총으로 너무나 쉽게 쏴 죽이는 것도 그와 무관하지 않다. 그리고 사람들이 도덕에 대한 인식을 제대로 갖고 있지 못하다. 타인을 속이는 것을 부끄럽게 생각하는 것이 아니라 자신의 뛰어난 지적 능력이라고 여기는 것이다. 젠세가 특별히 나빠서 그런 게 아니다. 필리핀인들이 갖는 정서적, 일반적 도덕 기준이 그러한 까닭이다.

필리핀은 공무원이 마음만 먹으면 사람을 잡아 가둘 수 있는 곳이다. 공무원에게 미운털이 박히면 대개는 무사히 살아남지 못한다. 보따리를 싸서 그 고장을 떠나야 하는 일이 그래서 빈번하게 발생하는 것이다. 모든 범죄는 공무원이 공범으로 끼지 않으면 일어나지 않는다. 살인 사건일수록 권총을 가진 경찰 공무원이 공범인 경우가 많다. 주민들이 일반 행정관청에 가서 두 손을 앞으로 공손하게 모으고 머리를 조아리는 것도 다 그런 이유다.

한국만큼 좋은 나라는 세계 어느 나라를 가봐도 없다. 이렇게 생각하는 것은 내가 한국인이어서가 아니다. 미국도 관공서에 가면 느릿느릿 일하는 공무원 앞에 줄을 서는 것은 기본이다. 거기에 권총을 찬 보안관이 노려보고 있다. 민원인이 큰소리치는 일을 볼 수가 없다. 만약 민원인이 공무원한테 큰소리치면 바로 보안관이 체포를 하거나, 반항하면 총알이 날아온다. 공무원에게 대드는 것을 국가에 대한 도전으로 보기 때문이다. 한국만큼 공무원이 교양 있고 예절 바른 나라는 세계 어느 나라를 가도 없다. 경우에 따라 민원인이 말도 안 되게 큰 소리를 쳐도 한국의 공무원들은 부처님이라도 된 듯 묵묵히 참아 넘긴다.

그 나라를 알고 싶으면 경찰을 보면 안다. 세계 어느 나라를 가도 한국의 경찰만큼 봉사 정신이 확고한 나라는 없다. 경찰관이 부도덕한 시민한테 따귀를 한 대 얻어맞고도 권총을 안 쏘는 것 보면 참으로 신기하다. 한국이라는 나라는 지나치게 외국인들에게 겸손하다. 겸손이 지나치다 보니 상대적으로 내국인 역차별 현상이 생겨난 것이다.
부작용인 것이다. 이 점만 바로잡는다면 한국은 정말 멋진 나라다.

# 수필은 이렇게 쓴다

문학이론도 이제는 수필을 포함한 5대 장르가 되어야 한다. 시와 소설의 중간 지대에서 골계문학으로서 수필이라는 독립된 문학의 한 장르가 만들어져야 한다고 본다. 이론이라는 것은 항상 실제를 체계화하고 논리화하는 것으로 성립되기 때문이다.

수필은 서술적 측면에선 산문이다. 그러나 1인칭만 쓴다는 점에서는 또 시와 같다. 서술은 산문 형식이나 소설에서처럼 시점이 복잡하게 나누어지지 않는다.

수필은 골계문학이라는 특징을 가지고 있다. 익살을 부리고 웃음을 주는 가운데 어떤 영감이나 교훈이 있는 것이다. 근엄한 훈장의 얼굴로 무엇을 가르치려 드는 것보다 코미디언 같은 얼굴로 익살을 부리는 것이 훨씬 더 재미있고 친근감이 느껴지는 법이다. 대전의 어느 목사가 종래의 틀에 박힌 얼굴 표정이 아니라 너스레를 떨고 웃음을 선사하며 익살을 부림으로써 그 강연이 선풍적 인기를 불러온 것처럼 수필 또한 그런 것이다.

많은 이론가들이 수필을 오랫동안 연구하고 발표한 학술 자료에서도 골계에 대한 이론은 한결같다. 현대소설에서도 스토리텔링 기법은 이미 낡은 외투 같은 취급을 받는다. 어떤 얘기를 들려주는 것은 진부한 것이다. 창작자의 의식의 흐름을 좇아가면서 아이덴티티(identity)를 발견하고 또 독자가 제2의 창작을 해가는 기쁨과 즐거움이 곧 현대인의 독서 행위다.

수필의 장점은 골계를 중심으로 소설에서 말하는 '의식의 흐름 기법'과 매우 유사한 기술 형태를 취하고 있다는 점이다. '의식의 흐름 기법'은 1인칭일 때 아이덴티티가 훨씬 강렬하다. 그리고 작품이 비교적 짧다는 점이다. 일상에 쫓기는 현대인들에게 외면당하지 않으려면 작품이 짧고 복잡하지 않아야 된다. 수필은 언제 어느 공간에서나 독서가 가능하다. 출퇴근길 전철 안에서도, 대기실에서 잠깐 사람을 기다리는 순간에도 무리 없이 읽을 수 있는 것이 수필이다.

수필은 소설처럼 다 읽고 나서 복잡하게 작품을 분석할 필요가 없다. 현대인들에겐 솔직히 작품을 분석하고 말고 그럴 만한 시간도 없다. 안 그래도 머리가 복잡하고 아프다. 그러나 수필은 읽는 순간 바로 고개를 끄덕일 만큼 공감이 있고 아이덴티티가 있는 것이다.

일반 사람들이 시를 읽을 때 다 읽고 나서도 무슨 뜻인지 선뜻 이해가 안 가는 부분이 있다면 그것은 시가 갖는 메타포(metaphor) 때문이다. 수필은 지나치게 메타포를 차용하지 않는다. 그러므로 읽는 순간 바로 고개를 끄덕일 만큼 공감의 요소가 있는 것이다.

현대소설의 특징 중 강조되는 것은 '의식의 흐름 기법'이다. 수필 또한 기술 형태가 '의식의 흐름 기법' 그 자체다. 어떤 사건이 벌어지고 나면 그 사건에서 화자의 독특한 의식과 반응이 일어나고 독자는 그것을 좇아가게 된다. 그 속에서 아이덴티티를 발견하게 되는 것이다.

시와 소설은 어느 정도 문학에 대한 교양을 갖추어야 향유가 가능한 반면, 수필은 전혀 그렇지가 않다는 특징이 있다. 마치 코미디언들이 방송에 나타나 익살을 떠는 것을 보고 웃는 것처럼 저절로 독서의 재미를 느끼는 것이다.

시와 소설이 자칫 문학인들만의 잔치로 끝날 수 있는 반면, 수필은 창작자의 독특한 골계를 통해 입가에 미소를 머금다 보면 저절로 몰입이 되는 매력이 분명히 있다. 경수필은 주로 예술가나 문학가들에 의한 서정적이고 낭만적인 기술 형태인 반면, 중수필(에세이)은 과학적이고 사상적이며 논리적인 철학자들의 칼럼 형식과 유사한 점이 있다. 이처럼 수필은 경수필과 중수필로 나누어지기도 한다.

수필은 자신이 경험한 삶의 진정성을 철학적 사유로 골계화하고 형상화하는 것이다. 수필 작가는 누구도 보지도 느끼지도 생각지도 못한 골계성을 찾아내고 이를 문학적으로 형상화하고 표출하는 작업을 하는 사람이다.